मैकबेथ

शेक्सपियर

अनुवाद : डॉ. रांगेय राघव

राजपाल

अनुवाद

रांगेय राघव

₹ 195

ISBN : 9789350642092

संस्करण : 2026

MACBETH (Play) by Shakespeare

(Hindi edtion of *Macbeth*)

मुद्रक : जी.एस. ऑफसेट, दिल्ली

राजपाल एण्ड सन्ज़

1590, मदरसा रोड, कश्मीरी गेट, दिल्ली–110006

फोन : 011–23869812, 23865483, 23867791

website : www.rajpalpublishing.com

e-mail : sales@rajpalpublishing.com

www.facebook.com/rajpalandsons

भूमिका

'मैकबेथ' शेक्सपियर के दुखान्त नाटकों में अत्यन्त लोकप्रिय है। इसके रचनाकाल के सम्बन्ध में यद्यपि मतभेद है, तथापि नाटक के पात्रों और उसकी रचना शैली से पता चलता है कि शेक्सपियर ने इसकी रचना किंग लियर के पश्चात् की थी। इस प्रकार इसका रचनाकाल सन् 1605-6 में ठहरता है। वस्तुतः यह युग शेक्सपियर जैसे महान मेधावी नाटककार के लिए अपनी दुःखान्त कृतियों के अनुकूल भी था।

शेक्सपियर ने जिस प्रकार अपने अन्य नाटकों के कथानकों के लिए दूसरी पूर्ववर्ती कृतियों से प्रेरणा ली है उसी प्रकार मूल रूप में मैकबेथ का कथानक भी उसका अपना नहीं है। यह एक दुःखान्त नाटक है एवं इसके कथानक का आधार विश्वविश्रुत अंग्रेज़ी लेखक राफेल होलिन्शेड की स्कॉटलैण्ड-सम्बन्धी एक ऐतिहासिक कृति है।

मैकबेथ में जिन घटनाओं का वर्णन है उन्हें पूर्णतया ऐतिहासिक अथवा काल्पनिक मान लेना भी युक्तियुक्त न होगा। 'कॉनसाइज डिक्शनरी ऑफ नेशनल बायोग्राफी' में मैकबेथ के अन्तर्गत लिखा है—" मैकबेथ स्कॉटलैण्ड का बादशाह; स्कॉटलैण्ड के राजा डंकन की फौजों का कमाण्डर तथा 1040 में उसका कत्ल कर राज्य पर अपना अधिकार करने वाला, जिसे नॉर्थम्ब्रिया के अर्ल सिवार्ड ने 1054 में हराया तथा 1057 में मैलकॉम तृतीय ने मार डाला।"

मैकबेथ के सम्बन्ध में इतिहास में और अधिक स्पष्ट उल्लेख न मिलने के कारण शेक्सपियर ने होलिन्शेड द्वारा कथित मैकबेथ के कथा-तत्त्व को अपने मनोनुकूल ढालने में पूरी स्वतंत्रता से काम लिया। उसका उद्देश्य जितना एक दुःखान्त नाटक लिखने का था उतना ऐतिहासिक नाटक लिखने का नहीं।

अपनी अप्रतिम प्रतिभा से पात्रों का चयन कर, उन्हें नई साज-सज्जा में प्रस्तुत कर, एवं घटनाओं का प्रभावोत्पादक वर्गीकरण करने के पश्चात्, शेक्सपियर मुख्य ऐतिहासिक घटना से कहीं अधिक अपनी इस कृति में रोचकता उत्पन्न करने में सफल हुआ है।

मैकबेथ का प्रकाशन शेक्सपियर की मृत्यु के पश्चात् हुआ। इसमें आरम्भ से अन्त तक जीवन और मृत्यु का रोमांचक संघर्ष वर्णित है। भयानक अमानवीय घात-प्रतिघातों से दर्शक द्रवित एवं उद्वेलित हो उठते हैं। 'मैकबेथ' में जीवन के प्रति व्यंग्य भी प्रभूत मात्रा में मुखरित है। इसमें शेक्सपियर ने अपनी असाधारण एवं रहस्यपूर्ण मनःशक्ति को सन्तुष्ट करने के लिए दो हत्यारों की अवतारणा की है और जैसा कि साधारणतया उसकी सभी कृतियों में होता है, इन दोनों हत्यारों में विवेकपूर्ण स्पष्ट अन्तर भी दर्शाया है। हत्यारा होते हुए भी एक के प्रति दर्शक की सहानुभूति उमड़ पड़ती है और दूसरे के प्रति घृणा का उद्रेक।

प्रत्येक मनुष्य में जब दानवता जागृत होती है, उसकी मनुष्यता लुप्त हो जाती है; किन्तु जीवन में ऐसे भी स्थल आते हैं जहाँ वह परम क्रूर होते हुए भी अपनी मानवोचित भावनाओं से संचालित होने लगता है।

मानव-मन की गहराइयों का व्यंग्यपूर्ण अंकन 'मैकबेथ' की विशेषता है। शेक्सपियर एक महान नाटककार है और 'मैकबेथ' उसकी अन्य महान कृतियों में अपना प्रमुख स्थान रखता है।

–रांगेय राघव

पात्र-परिचय

डंकन	:	स्कॉटलैण्ड का सम्राट्
मैलकॉम डोनलबेन	}	सम्राट के पुत्र
मैकबेथ बैंको लैनोक्स	}	सम्राट् की सेना के प्रमुख
मैकडफ रौस मैंटियथ ऐंगस कैथनिस	}	स्कॉटलैण्ड के भद्र पुरुष
फ्लीन्स	:	बैंको का पुत्र
सिवार्ड	:	नॉर्थम्बरलैण्ड का अर्ल और अंग्रेज़ी सेना का प्रमुख
युवक सिवार्ड	:	सिवार्ड का पुत्र
सीटॉन	:	मैकबेथ का अफ़सर
लड़का	:	मैकडफ का पुत्र
लेडी मैकबेथ	:	मैकबेथ की पत्नी
लेडी मैकडफ	:	मैकडफ की पत्नी

[लेडी मैकडफ की परिचारिकाएँ, हिकेट और तीन डायन]

[अंग्रेज़ डॉक्टर, स्कॉट, डॉक्टर, सार्जेण्ट, कुली, वृद्ध पुरुष, हत्यारे, भद्र पुरुष, अफ़सर, सिपाही, परिचारिकाएँ और दूत; बैंको का भूत एवं पिशाच इत्यादि।]

पहला अंक

दृश्य 1

[एक निर्जन स्थान]

[बादलों की गड़गड़ाहट के बीच बिजली चमकती है। तीन डायनों का प्रवेश]

पहली डायन : ऐसे समय में जब गड़गड़ाहट करते बादलों के बीच बिजली फट रही हो और पानी बरसता हो, हम तीनों फिर कब मिलेंगी ?

दूसरी डायन : उसी समय जब यह युद्धनाद शांत हो कर, यह घोषणा हो जाए कि कौन जीत गया और कौन हार गया।

तीसरी डायन : पर वह तो सूरज छिपने से पहले हो जाएगा।

पहली डायन : पर हाँ, मिलेंगे कहाँ ?

दूसरी डायन : उसी उजाड़ में।

तीसरी डायन : वहाँ तो हमें मैकबेथ भी मिलेगा न ?

पहली डायन : आई, ग्रेमल्किन[1]।

दूसरी डायन : पैडोक[2] मेरे पीछे पुकार रहा है।

तीसरी डायन : अभी एक क्षण में।

सभी : जिसमें दूसरों की भलाई है उससे हमें घृणा है और जिससे वे बुरा समझ कर घृणा करते हैं वही हमारे लिए अच्छा है। आओ,

---

1. Graymalkin (ग्रेमल्किन)–एक तरह की भूरी बिल्ली का नाम। प्रत्येक डायन अपने साथ इस तरह का कोई पशु या पक्षी रखती है जो उसके इशारे पर कोई भी रूप बदल सकता है। इससे वे दूसरों पर जादू किया करती हैं।
2. Paddock (पैडोक)–इसी तरह एक मेंढक का नाम।

कोहरे और धुंध-भरी हवा में हो कर उड़ चलें।

[सभी जाती हैं]

दृश्य 2

[फौरेस के निकट एक शिविर]

[अन्दर तूर्य ध्वनि। सम्राट् डंकन, मैलकॉम, डोनलबेन, लैनोक्स का अनुचरों के साथ प्रवेश। खून से भीगा हुआ सार्जेण्ट आता है]

डंकन : कौन है यह, जो इस तरह खून से भीगा हुआ है। उसकी दयनीय अवस्था से लगता है कि वह अभी रणभूमि से लौटा है। उससे हमें विद्रोहियों के बारे में नवीनतम परिस्थिति का अवश्य कुछ पता लगेगा।

मैलकॉम : अरे, यह तो वही सार्जेण्ट है जो एक वफादार वीर सैनिक की तरह मुझे बन्दी होने से बचाने के लिए लड़ा था। स्वागत है, मेरे पराक्रमी मित्र ! जिस समय तुम रणभूमि से चले थे उस समय युद्ध की क्या स्थिति थी, सम्राट् यह तुमसे जानना चाहते हैं।

सार्जेण्ट : अभी से कुछ निश्चित नहीं कहा जा सकता, स्वामी ! दोनों सेनाओं के बीच अभी वैसा ही संघर्ष जारी है जैसा होड़ में बढ़ते दो तैराक में होता है। जो जब पूरी तरह थक जाते हैं तो आपस में लिपटकर एक-दूसरे की चालों को काटने की कोशिश करते हैं। एक निर्दय मेकडोनवाल्ड ने, जिसमें दुष्टता प्रतिदिन बढ़ती जाती है और जो स्वभाव से ही विद्रोही है, आयरलैण्ड से हल्के शस्त्रों से सुसज्जित सेनाएँ और पश्चिमी द्वीपों से, भारी शस्त्रों से सुसज्जित अश्वारोही बुलवा लिए हैं। लेकिन कुछ भी हो, वीर मैकबेथ के सामने वे सब कायर हैं। वे साक्षात् देवी वीरता के पुत्र हैं। मैंने देखा कि भाग्य को उपेक्षा-भरी दृष्टि से देखते हुए और अपनी तलवार घुमाकर मार-काट करते हुए जिस तरह उन्होंने शत्रु के सीने तक पहुँचने का मार्ग बना लिया था, उससे सच ही वे वीर

कहलाने के अधिकारी हैं। वे तब तक वहाँ से नहीं हटे, जब तक उन्होंने शत्रु के जबड़े तक नहीं काट दिए और उसके सिर को काटकर हमारे मोर्चे की मुंडेर पर नहीं टाँग दिया।

डंकन : ओ मेरे वीर भाई ! मेरे योग्य और समर्थ साथी !

सार्जेण्ट : जैसे सूरज के छिपते-छिपते कभी ऐसे भयानक तूफ़ान उठते हैं जो जहाज़ों को उलटते हुए चले जाते हैं और फिर उसी भयावने स्वर में गर्जन करते हैं, उसी तरह जहाँ लगता था कि अब कुछ सुख-चैन से बैठेंगे, वहाँ एक के ऊपर एक तूफ़ान-सा आता ही जाता था। ओ स्कॉटलैण्ड के स्वामी ! मेरी बात ध्यान से सुनो। हमारे उन वीर सैनिकों ने जिनकी रग-रग में वीरता और न्याय का खून दौड़ रहा है, उस भगोड़ी और हल्के शस्त्रों से सुसज्जित सेना को ऐसा खदेड़ा कि वह सिर पर पैर रखकर भाग जाने के लिए उतारू हो गई। पर उसी समय नॉर्वे के राजा ने अवसर देखकर अपने चमकते हुए शस्त्रों से तथा और नई सेनाएँ बुलाकर हम पर अकस्मात् हमला कर दिया।

डंकन : पर क्या इस पर हमारे सेनापति मैकबेथ और बैंको का खून नहीं खौला ?

सार्जेण्ट : अवश्य ! उनका खून उसी तरह चढ़ गया जैसे बाज़ का गौरैया देखकर और शेर का एक खरगोश देखकर चढ़ जाता है। मैं यही कहूँगा, स्वामी ! कि दूनी बारूद से लदी तोपों की तरह दूनी ताकत के साथ वे शत्रु की सेना पर टूट पड़े। कौन जाने कि वे अपने घावों से बहते गरम खून में नहाने के लिए कूदे थे या इसे एक दूसरा गोलगोथा बनाना चाहते थे। मैं नहीं समझता इसके अलावा उनका और कोई तात्पर्य था। लेकिन मैं इतना थक गया हूँ और मेरे शरीर पर घाव भी हैं, जिससे मुझे बेहोशी-सी चढ़ी आ रही है। मेरे घाव चिकित्सा के लिए बेचैन-से हो रहे हैं, स्वामी !

डंकन : आह ! तुम्हारे शरीर में जैसे घाव हैं उन्हीं के योग्य तुम्हारे वीरता से भरे हुए शब्द हैं; दोनों ही महान् सम्मान के योग्य हैं। (***अनुचरों से***) जाओ, सार्जेण्ट की चिकित्सा की तुरन्त व्यवस्था करो।

(अनुचरों के साथ सार्जेण्ट जाता है)

[रौस का प्रवेश]

रौस : कौन आ रहा है यहाँ ?

मैलकॉम : रौस, श्रेष्ठ 'थेन' हैं।

लैनोक्स : उनकी आँखों में कैसी उतावली मालूम हो रही है। ठीक भी है, जो व्यक्ति अजीब-अजीब घटनाओं की सूचना देने आता है वह ऐसा ही दीखता है।

रौस : ईश्वर सम्राट् की रक्षा करें !

डंकन : कहाँ से आ रहे हैं आप, श्रेष्ठ थेन ?

रौस : हे, महान् सम्राट् ! मैं फाइफ से आ रहा हूँ, जहाँ आकाश में नॉर्वे का झंडा फहरा रहा है। नॉर्वे के राजा ने हृदय को हिला देने वाली एक विशाल सेना लेकर और उस धोखेबाज और गद्दार काउडोर के थेन की सहायता लेकर घमासान युद्ध प्रारम्भ कर दिया। तब देवी बेलोना के प्रिय उसी मैकबेथ ने अपना कवच पहना और वह शत्रु के बीच कूद पड़ा। मैं क्या कहूँ शत्रु की तलवार से तलवार और हाथ से हाथ टकराकर उसने इस तरह सामना किया कि शत्रु अपनी सारी वीरता भूल गया और अंत में हमारी विजय हुई।

डंकन : आह ! महान् हर्ष !

रौस : अब इसी कारण नॉर्वे का राजा स्वेनो संधि के लिए प्रार्थना कर रहा है। लेकिन हम उसके साथियों की लाशों को ज़मीन में तब तक नहीं दफनाने देंगे जब तक वह 'सेण्ट कॉम्स इञ्च'[1] पर दस हज़ार डॉलर हमारे बीच न बाँट दे।

डंकन : उस काउडोर के थेन को मैं अब तक हृदय से अपना मित्र समझता था, पर अब और अधिक वह मुझे धोखे में नहीं रख सकेगा। जाओ, और उसके मृत्यु-दण्ड की चारों ओर घोषणा कर दो और

---

1. Saint Colmes's Inch (सेण्ट कॉम्स इञ्च)—सेण्ट कोलंबिया का टापू, जहाँ आइरिश राजकुमार सेण्ट कोलंबिया को समर्पित एक मठ के भग्नावशेष पाए जाते हैं। यह एक धार्मिक स्थान माना जाता था।

मैकबेथ को अपना पूर्व पद देकर सम्मानित कर दो।

रौस : आपकी आज्ञा का पालन होगा, स्वामी !

डंकन : ठीक है, जो उसने खोया, श्रेष्ठ मैकबेथ ने पा लिया है।

(प्रस्थान)

दृश्य 3

[फौरेस के निकट उजाड़ भूमि]

[बादल गरजते हैं। तीनों डायनें आती हैं]

पहली डायन : कहाँ रहीं, बहिन ?

दूसरी डायन : सूअर के घंटे को मार रही थी।

तीसरी डायन : पर तुम कहाँ थीं, बहिन ?

पहली डायन : एक मल्लाह की स्त्री, अपनी झोली में कुछ अखरोट लिए हुए थी जिन्हें वह चबाती थी, फिर चबाती थी, और चबाती ही जाती थी। मैंने कहा, 'मुझे भी दे दो' तो बची-खुची जूठन पर पली उस भूखी और घृणित स्त्री ने झिड़ककर कहा, 'भाग जा, ओ डायन ! भाग जा !' उसका पति 'टाइगर' नामक जहाज़ का मालिक है और अब एलैप्पी गया हुआ है। लेकिन क्या हुआ ! मैं एक चलनी में बैठकर उधर जाऊँगी और बिना पूँछ वाली एक चुहिया की शक्ल बनाकर मैं करूँगी, करूँगी, अवश्य कुछ न कुछ करूँगी।

दूसरी डायन : मैं तुम्हें एक हवा दूँगी।

पहली डायन : बड़ी दयालु हो तुम।

तीसरी डायन : और मैं भी एक दूसरी हवा दूँगी।

पहली डायन : इसके अलावा सभी हवाएँ मेरे पास हैं। मल्लाहों का कुतुबनुमा जो भी दिशा दिखाता है, उधर ही वे वेग से बहती हैं, यहाँ तक कि बन्दरगाहों के अन्दर तक घुस जाती हैं। मैं उसके शरीर के सारे खून को चूसकर घास की तरह उसे सुखा डालूँगी जिससे, न रात और न दिन में, कभी भी वह पलक तक बन्द नहीं कर सकेगा। मैं उसे एक ऐसे जादू में बाँध दूँगी की 81 हफ्तों

तक दुःख में घुल-घुलकर वह एक दिन बिलकुल मिट जाएगा। यद्यपि मैं उसके जहाज़ को डूबा नहीं सकती, पर फिर भी वह तूफ़ानों के थपेड़े खाता हुआ इधर-उधर डूबता-उतराता ही रहेगा। यह देखो, मेरे पास क्या है ?

दूसरी डायन : दिखाओ, दिखाओ !

पहली डायन : मेरे पास एक ऐसे मल्लाह का अँगूठा है जो घर लौटते समय तूफ़ान में फँस गया और समुद्र की उठती हुई लहरें उसे निगल गईं।

[अन्दर नक्कारों की आवाज़]

तीसरी डायन : अरे, नक्कारा, सुनो, नक्कारा बज रहा है। लो, वह मैकबेथ आ गया।

सभी : ओ, समुद्र की लहरों और पृथ्वी पर तेज़ चलने वाली डायन बहनो ! आओ, आपस में हाथ मिलाकर हम चारों तरफ नाचें। तीन बार तुम, तीन बार मैं और फिर तीन बार वह, इस तरह नौ बार एक चक्कर बनाएँ।...शान्त ! जादू का चक्कर अब पूरा हो गया है।

[मैकबेथ तथा बैंको का प्रवेश]

मैकबेथ : इतना बुरा और इतना ही अच्छा दिन मैंने अपने जीवन में कभी नहीं देखा !

बैंको : फौरेस यहाँ से कितनी दूर कहा जाता है ?

पर, हैं? ये पतले और अजीब-से कपड़े पहने कौन हैं ? ये तो पृथ्वी पर रहने वाले प्राणियों जैसी तो नहीं लगतीं, फिर भी पृथ्वी पर हैं। क्या आश्चर्य है !

क्या तुम कोई जीवित प्राणी हो ? कोई ऐसी चीज़ हो जिस पर मनुष्य को शक करना चाहिए ? अपनी फटी उँगली जिस तरह तुमने अपने होंठ पर रख ली है, उससे मालूम होता है कि तुम मेरी बात समझ रही हो। अवश्य तुम कोई स्त्री हो, पर हैं... फिर तुम्हारी दाढ़ी देख कर मैं कैसे कह दूँ कि तुम स्त्री हो !

मैकबेथ : अगर तुम बोल सकती हो तो बोलो, कौन हो तुम ?

पहली डायन : तुम्हारा स्वागत है, मैकबेथ। ओ 'ग्लेमिस' के थेन ! हम सबकी ओर से तुम्हारा स्वागत है।

दूसरी डायन : ओ काउडोर के थेन, मैकबेथ ! हम सभी की ओर से तुम्हारा अभिनन्दन है।

तीसरी डायन : स्वागत है उस मैकबेथ का, जो अब सम्राट् बनने जा रहा है।

बैंको : क्यों जनाब, ऐसी अच्छी-अच्छी बातें सुनकर भी आप इस तरह बेचैन होकर डर क्यों रहे हैं ?

(डायनों से) मैं सत्य के नाम पूछता हूँ कि तुम कोई हवाई चीज़ हो या जो कुछ बाहर से दिखाई दे रही हो, वही वास्तव में हो ? तुम मेरे साथी का, उस वर्तमान पद और यश के लिए अभिनन्दन कर रही हो और उच्चाधिकारी, यहाँ तक कि सम्राट् होने तक की भविष्यवाणी करके उसका स्वागत कर रही हो। इससे वह कुछ उन्मत्त-सा हो उठा है। यदि तुम भविष्य की बात देख सकती हो और यह बता सकती हो कि आगे क्या होगा और क्या नहीं, तो फिर मुझसे भी कहो, मुझसे जो न तुम्हारी कृपा की भीख माँगता है और न तुम्हारी घृणा से तनिक भी डर सकता है।

पहली डायन : स्वागत है !

दूसरी डायन : स्वागत है !

तीसरी डायन : स्वागत है !

पहली डायन : मैकबेथ से कम और उससे अधिक भी।

दूसरी डायन : इतना सुखी नहीं, फिर भी उससे कहीं अधिक सुखी।

तीसरी डायन : यद्यपि तुम कभी नहीं होगे, फिर भी तुम्हारे पुत्र सम्राट् होंगे। इसलिए, मैकबेथ और बैंको का हम सभी की ओर से स्वागत है !

पहली डायन : सभी की ओर से मैकबेथ और बैंको का अभिनन्दन है।

मैकबेथ : ठहरो, ओ झूठी बातें बनाने वाली, जादूगरनियो ! कुछ और भी कहो। सिनेल की मृत्यु के कारण मैं जानता हूँ कि मुझे ग्लेमिस

का थेन बना दिया गया है, लेकिन काउडोर का थेन कैसे ? वह गौरवशाली काउडोर का थेन तो अभी जीवित है और फिर सम्राट् होना...क्या इसकी मैं कभी कल्पना भी कर सकता हूँ ? इसी तरह काउडोर का थेन होना भी मेरे विश्वास के परे की बात है। बोलो, कहाँ से यह अजीब-सी बात तुमने सुनी है ! या इस उजाड़ में इस तरह भविष्यवाणी करके तुमने हमारा मार्ग रोकने का षड्यन्त्र किया है ? बताओ, मैं आज्ञा देता हूँ, बोलो।

[डायनें लुप्त हो जाती हैं]

बैंको : मुझे लगता है, जैसे पानी में बबूले होते हैं वैसे ही ज़मीन में भी होते हैं और ये उन्हीं बबूलों की बनी हुई हैं। अरे, हैं ! कहाँ छिप गईं ये सभी !

मैकबेथ : हवा में, जो अभी शरीर धारण किए हुए थीं, वे हवा में इस तरह विलीन हो गई हैं जैसे मनुष्य की श्वासें निकलकर जाती हैं। काश ! वे थोड़ा और ठहर जातीं तो कितना अच्छा होता।

बैंको : जिनके बारे में हम अभी बातें कर रहे थे, क्या ऐसे भी प्राणी इस पृथ्वी पर होते हैं ? या हमने मूर्खता लाने वाली कोई ऐसी जड़ी खा ली है जिससे हमारी विचार-शक्ति पर ताला-सा पड़ गया है।

मैकबेथ : तुम्हारे पुत्र सम्राट् बनेंगे, बैंको !

बैंको : तुम भी सम्राट् होगे।

मैकबेथ : और काउडोर का थेन भी ? यही कहा था न उन्होंने ?

बैंको : बस, ठीक वही बात, वे ही शब्द।

लेकिन ये कौन आ रहे हैं यहाँ ?•

[रौस तथा ऐंगस का प्रवेश]

रौस : सम्राट् अपार हर्ष के साथ मैकबेथ का स्वागत करते हैं। तुम्हारी विजय की सूचना पाकर जब उन्हें यह भी पता लगा कि विद्रोहियों को कुचलने में तुमने अपनी जान तक की बाजी लगा दी थी, तो उनका हृदय इस तरह फूल उठा है मानो आश्चर्य और तुम्हारी वीरता की प्रशंसा की दो लहरें एक के ऊपर एक उठ रही हों। इसी से उनका हृदय पूरी तरह भर गया है कि मुँह से शब्द तक

कहने को नहीं निकल रहे हैं। उसी दिन युद्ध के अन्य समाचार सुनते हुए उन्हें पता लगा कि नॉर्वे की सेना का सामना तुम इस अपूर्व वीरता के साथ कर रहे थे कि तुम्हारी तलवार से कट-कटकर जो सैनिक गिरते थे, मौत एक डरावनी-सी छाया उनके चेहरों पर डाल देती थी और वे सदा के लिए रणभूमि में सो जाते थे। उन्हें देख कर भी तुम्हारा हृदय तनिक भी डर से नहीं काँपता था। एक के बाद एक दूत आते थे और प्रत्येक तुम्हारी देश की रक्षा में दिखाई गई वीरता की सम्राट् के सामने अनेक प्रशंसाएँ करता था।

ऐंगस : तुम्हारे स्वामी सम्राट् ने हमें इसीलिए भेजा कि हम उनकी ओर से तुम्हें धन्यवाद दें। उन्होंने हमसे तुरन्त तुम्हें उनके पास ले चलने के लिए आज्ञा दी है। उन्होंने तो हमारे हाथ पुरस्कार भी नहीं भेजा है।

रौस : और तुम्हें और भी अधिक सम्मान से विभूषित करने के लिए उतावले होकर उन्होंने मुझे आज्ञा दी है कि मैं तुम्हें काउडोर का थेन कहकर पुकारूँ। इसलिए ओ, श्रेष्ठ थेन ! तुम्हारा स्वागत है ! अब से यह सम्मान और पद तुम्हारा है।

बैंको : (स्वगत) क्या ? क्या जो कुछ शैतान कह रहा है वह सच है ?

मैकबेथ : लेकिन यह कैसी बात ! काउडोर के थेन तो अभी जीवित हैं, फिर क्यों इन माँगे हुए वस्त्रों को मेरे ऊपर लादकर मुझे सम्मानित करना चाहते हो।

ऐंगस : अवश्य, जो था, वह अभी तक भी जीवित है, पर उसे मृत्यु-दण्ड सुनाया जा चुका है और वह इस पृथ्वी पर जीवित नहीं रह सकता। मैं नहीं जानता कि वह नॉर्वे के सम्राट् से मिल गया था या गुप्त रूप से उसने विद्रोहियों की सहायता की थी। और इस तरह गद्दारी करके अपने देश की बरबादी के लिए षड्यंत्र रचा था, लेकिन अब उसने अपने सारे अपराध को स्वीकार कर लिया है और यह पूरी तरह सिद्ध भी हो चुका है, इसलिए उसकी मौत की घड़ियाँ निकट आ गई हैं।

मैकबेथ (स्वगत) ग्लेमिस, और काउडोर का थेन भी। ठीक है। पर

सबसे बड़ी भविष्यवाणी तो अभी अधूरी ही है। **(रौस और ऐंगस से)** आपने जो यहाँ तक आने का कष्ट किया उसके लिए आपको धन्यवाद है।

(बैंको से) बैंको ! क्या तुम यह आशा नहीं करते कि तुम्हारे पुत्र सम्राट् होंगे, क्योंकि जिन्होंने भविष्यवाणी करके मुझे काउडोर का थेन बनाया है उन्होंने उनके विषय में भी कम बात नहीं कही ?

बैंको : तुम उसपर विश्वास करते हो ना ? फिर तो काउडोर के थेन बनने के बाद सम्राट् बनने की लालसा तुम्हारे हृदय में मचल रही होगी।...लेकिन अजीब-सी बात है। नहीं, प्रायः ऐसा होता है कि शैतान हमारे नुकसान के लिए अपने दूत भेजता है और वे यहाँ आकर ऐसी-ऐसी सच लगने वाली बातें कहते हैं कि हम उन छोटी-छोटी बातों को सच समझकर मान लेते हैं। फिर परिणाम होता है कि वही बातें हमारे जीवन के साथ धोखा करती हैं। साथियो ! मैं आपसे कुछ कहना चाहता हूँ।

मैकबेथ : (स्वगत) इस महान नाटक की शुरू की घटनाओं की तरह दो भविष्यवाणियाँ तो पूरी हो गईं।

(रौस तथा ऐंगस से) भद्र पुरुषो ! मैं आपको धन्यवाद देता हूँ।

(स्वगत) इन डायनों की लालच-भरी ये बातें क्या पूरी तरह बुरी हो सकती हैं ? नहीं। पर अच्छी भी कैसे हो सकती हैं ये ? यदि बुरी हैं तो इस तरह सच्ची होकर इन्होंने मुझे ये सफलता क्यों दी ? काउडोर का थेन भी मैं हो गया हूँ। यदि अच्छी हैं तो उनके दिए गए उस लालच का शिकार मैं क्यों बनता हूँ, जिसकी भयावनी कल्पना-मात्र से ही मेरे रोंगटे खड़े हो जाते हैं और हृदय में अजीब तरह से धड़कन और कंपकंपी मचती है ? डरावनी कल्पनाओं से तो सामने रहने वाले भय कम डराते हैं। हत्या की बात मेरे मस्तिष्क में एक अजीब सपने की तरह लगती है, पर इसने मुझे इतना विचलित कर दिया है कि यह बात सपने जैसी लगते हुए भी मुझे कुछ विश्वास होता है कि जो कुछ कोरा सपना है और एक उड़ती हुई कल्पना की तरह है उसके सिवाय वास्तविक कुछ भी नहीं है।

बैंको : वह देखो, मैकबेथ किस तरह किसी गम्भीर विचार में डूब रहा है।

मैकबेथ : (स्वगत) यदि भाग्य में लिखा है कि मैं सम्राट् हूँगा तो क्या बिना कोई प्रयत्न किए नहीं हो जाऊँगा ?

बैंको : जो कुछ भी ये नये पद और सम्मान उसे प्राप्त हुए हैं वे अपरिचित और अजीब तरह के वस्त्रों की तरह हैं जो उसके शरीर में पूरी तरह आ नहीं रहे हैं। पर खैर, अभ्यास करते-करते अवश्य एक दिन वह इनका आदी हो जाएगा।

मैकबेथ : (स्वगत) कुछ भी हो, एक न एक दिन वह नियत समय अवश्य आएगा। उस बीच में जो भी कठिन से कठिन दिन हैं वे भी किसी तरह निकल ही जाएँगे।

बैंको : श्रेष्ठ मैकबेथ ! हम इसी प्रतीक्षा में यहाँ खड़े हुए हैं कि तुम अवकाश निकालकर अब हमारे सम्राट् के पास चलो।

मैकबेथ : ओह, क्षमा करें मुझे ! मेरा यह जड़ मस्तिष्क कुछ भूली हुई बातों को याद करते-करते खो-सा गया था।

ओ मेरे, मेहरबान साथियो ! आपकी छोटी से भी छोटी सेवा मेरे मस्तिष्क में इस तरह अंकित है जैसे किसी पुस्तक में। मैं प्रति-दिन उसके पृष्ठ उलटकर उन्हें पढ़ता हूँ।

अच्छा चलो, अब सम्राट् के पास चलें।

(बैंको से) जो कुछ भी घटना हमारे साथ घटी है उस पर और गहराई से सोचना, बैंको ! इस बीच इतनी गहराई से सोच लेने के पश्चात किसी अधिक अवकाश के समय हम एक साथ बैठेंगे और अपनी-अपनी बात एक-दूसरे से कहेंगे।

बैंको : बड़ी खुशी के साथ।

मैकबेथ : तब तक के लिए इतना ही काफी है—अच्छा, आओ मित्रो, चलें।

(प्रस्थान)

दृश्य 4

[फौरेस; राजमहल में एक कमरा]

[बाजे बजते हैं। डंकन, मैलकॉम, डोनलबेन और लैनोक्स का अनुचरों के साथ प्रवेश]

डंकन : क्या काउडोर को मृत्यु-दण्ड मिल चुका ? वे व्यक्ति जिनके हाथों यह काम सौंपा गया था, अभी तक लौटकर आये या नहीं ?

मैलकॉम : वे अभी तक लौटकर नहीं आए हैं, मेरे स्वामी ! लेकिन मुझे एक व्यक्ति ने बताया है कि उसको मृत्यु-दण्ड मिल चुका है, क्योंकि उस व्यक्ति ने उसे अपनी आखिरी श्वास तोड़ते हुए देखा था। वह कह रहा था कि काउडोर ने खुले रूप में अपने अपराधों को मान लिया था और आपसे क्षमा माँगते हुए उसने अपने किए हुए कार्यों पर घोर पश्चात्ताप भी किया था। जीवन में कभी भी ऐसे सुन्दर विचार उसके हृदय में नहीं फूटे जैसे उसके अनुरूप होने चाहिए थे, पर अन्तिम क्षणों में वह इतना अच्छा हो गया, मेरे स्वामी ! उसने मृत्यु को इस तरह गले लगा लिया मानो मृत्यु देवी से मिलने की सारी कला उसे आती थी। मैं क्या कहूँ, मेरे स्वामी ! अपने प्यारे से इस जीवन को उसने इस तरह त्याग दिया मानो कि यह कोई तुच्छ वस्तु हो जिस पर उसको विशेष ध्यान देने की आवश्यकता नहीं थी।

डंकन : इस पूरे संसार में ऐसी कोई कला नहीं है जिससे मनुष्य के अन्दर के सारे भाव उसका चेहरा देखकर मालूम हो सकें। कैसा योग्य और सज्जन था वह काउडोर ! हमारा उसके ऊपर अटूट विश्वास था।

[मैकबेथ, बैंको, रौस तथा ऐंगस का प्रवेश]

ओ हमारे सर्वश्रेष्ठ भाई ! हम बड़े कृतघ्न हैं और वही पाप अब भी बोझ बनकर हमारे ऊपर चढ़ा हुआ है। अपने वीरतापूर्ण कार्य से तुम इतने ऊँचे उठ गए हो कि किसी भी पुरस्कार के शीघ्रगामी पंख तुम तक नहीं पहुँच सकते। अच्छा होता, तुम इतना गौरवशाली

काम न करके कुछ कम के अधिकारी होते, जिससे हम इस योग्य तो हो पाते कि तुम्हें धन्यवाद दे सकते और तुम्हारे सम्मान के अनुकूल तुम्हें पुरस्कृत कर पाते। लेकिन अब क्या ! अब तो हमारे पास यही करने के लिए है कि कितना भी देकर हम तुम्हारी सेवा और त्याग के ऋण से उऋण नहीं हो सकते।

मैकबेथ : यह सब कुछ करना तो मेरा कर्त्तव्य और स्वामिभक्ति है, महाराज ! और इसी कारण मैं अपने-आपको, आपके कहने से पहले ही पुरस्कृत समझता हूँ। हे स्वामी ! हमारी सेवाओं को स्वीकार करना आपका काम है। आपके तथा देश के प्रति हमारे कर्तव्य ऐसे ही हैं, माँ-बाप के प्रति, बच्चों के और स्वामियों के प्रति सेवकों के जैसे होते हैं। देश की रक्षा के लिए और आपके प्रेम तथा सम्मान के लिए जो कुछ भी हम कर रहे हैं, क्या वह हमारा कर्तव्य नहीं, महाराज ?

डंकन : स्वागत है तुम्हारा, मैकबेथ ! हमने तुम जैसे पौधे को लगाया है और अब अपनी सारी शक्ति लगाकर भी हम इसे फलता-फूलता देखना चाहते हैं।

ओ सुहृद, बैंको ! तुम भी कम प्रशंसा के अधिकारी नहीं हो। तुम्हारी सेवाएँ भी अमूल्य हैं। आओ वीर! अपनी बाँहों में भर कर तुम्हें हृदय से लगा लें।

बैंको : हे महाराज ! अगर मैंने भी एक पौधे के रूप में आपके हृदय में स्थान पाया है तो इसके सारे फल-फूल भी मेरी ओर से आपको ही समर्पित हैं।

डंकन : आह ! कितना आनन्द है ! हमारा हृदय इस असीम हर्ष से फूला नहीं समा रहा है। सुख के आँसू उमड़कर इसे अपने बीच छिपाना चाहते हैं। हमारे पुत्र, सम्बन्धी, थेन तथा सभी निकटतम मित्र यह जानते हैं कि हम अब साम्राज्य का उत्तरदायित्व अपने ज्येष्ठ पुत्र मैलकॉम को सौंपना चाहते हैं। अब के बाद हम उसे कम्बरलैण्ड का राजकुमार कहकर पुकारेंगे। पर हाँ, हम केवल उसी को यह सम्मान नहीं देंगे बल्कि उन सभी को हम उचित सम्मान

से विभूषित करना चाहते हैं जिनके ऊपर यश और गौरव तारों की तरह जगमगाता है। चलो, यहाँ से 'इनवर्नेस' को चलें। वहाँ हम तुम्हारे साथ और भी निकट के सूत्र में बँध जाएँगे।

मैकबेथ : हे स्वामी ! जानते हैं ? वह आराम का समय भी बड़ी कठिनाई से बीतता है जो आपकी सेवा में काम नहीं आ सकता। मैं चाहता हूँ कि स्वयं आपके स्वागत के लिए पहले आगे चला जाऊँ और आपके शुभागमन की सूचना देकर अपनी स्त्री को अत्यधिक प्रसन्न कर दूँ। अतः कृपा करके मुझे जाने की आज्ञा दीजिए।

डंकन : मेरे श्रेष्ठ काउडोर !

मैकबेथ : **(स्वगत)** कम्बरलैण्ड का राजकुमार ? संभल जाओ मैकबेथ ! यह वह सीढ़ी है जिससे या तो तू नीचे गिर जाएगा या इसे छलाँग मारकर पार कर जाएगा। तेरे पथ में यही एक बाधा है। सितारो ! छिपा लो अपनी इस जगमगाती ज्योति को। मेरी इन काली और पाप से भरी गहरी लालसाओं को अपने इस प्रकाश में मत प्रकट होने दो। जब मेरे हाथों से काम पूरा हो जाए तब चाहे मेरी दोनों आँखों के चिराग सदा के लिए बुझ जाएँ। हाँ, ये बुझ ही जाने चाहिए, क्योंकि इस काम के पूरा होने पर ये आँखें भय के मारे इसे देख नहीं पाएँगी।

[जाता है]

डंकन : सच है, श्रेष्ठ बैंको ! वह इतना ही शूरवीर है और उसकी प्रशंसाएँ सुनते-सुनते हमें ऐसा लगता है जैसे हम अपना, स्वादिष्ट-भोजन कर रहे हैं। उसी से हमारा पेट भरता है। चलो, उसके पीछे चलें जो इस तरह उत्सुक होकर हमारा स्वागत करने के लिए पहले ही चला गया है। मेरी दृष्टि में उसके समान कोई भी मेरा सम्बन्धी नहीं आता।

[बाजे बजते हैं; प्रस्थान]

दृश्य 5

[इनवर्नेस, मैकबेथ का महल]

[लेडी मैकबेथ का एक पत्र पढ़ते हुए प्रवेश]

लेडी मैकबेथ : "जिस दिन मुझे विजय प्राप्त हुई थी उसी दिन वे मुझे मिली थीं और यह मुझे पूरी तरह पता लग गया है कि पृथ्वी पर रहने वाले प्राणियों से कहीं अधिक वे जानती हैं। मैं कुछ और आगे पूछने के लिए उत्सुक हुआ उसी समय वे न जाने कहाँ हवा में विलीन हो गईं। इससे मैं आश्चर्य में डूबा हुआ वहीं खड़ा रह गया, उसी बीच सम्राट् के भेजे दूत वहाँ आए और उन सबने मुझे 'काउडोर का थेन' पुकार मेरा अभिनन्दन किया। ठीक उसी पद से, जिससे उन डायन बहिनों ने पहले मेरा स्वागत किया था। फिर यह कहकर कि 'सम्राट् बनेगा, उसका स्वागत है' उन्होंने भविष्यवाणी की थी। ओ मेरे सुख और ऐश्वर्य की सर्वप्रिय सहभागिनी ! मैंने सबसे पहले यह अच्छा समझा कि तुम्हें इस बात से अवगत करा दूँ, जिससे तुम मेरे आने वाले ऐश्वर्य और गौरव से अपरिचित न रह जाओ और मेरे साथ अपनी प्रसन्नता का उचित भाग पा सको। इस बात को अपने हृदय में रखना। अच्छा, अलविदा !"

(स्वगत) ग्लेमिस तो तुम पहले ही हो और अब काउडोर का थेन बनाकर तुम्हारा सम्मान किया गया है। इसके अलावा आगे की भी भविष्यवाणी अवश्य पूरी होगी। पर फिर भी मुझे एक बात का डर है कि तुम्हारा स्वभाव इतना सरल और उदार है कि यह तुम्हें अपने गौरवशाली भाग्य के निकट शीघ्रता से पहुँचने नहीं देगा। तुम महान होना चाहते हो। महत्त्वाकांक्षा तुम्हारी रग-रग में समाई हुई है, पर बिना किसी तरह का पाप किए उसे प्राप्त करना चाहते हो। जिसको पाने के लिए तुम इतने लालायित हो उसे अन्त तक पवित्र रहकर ही प्राप्त करना चाहते हो। किसी तरह का झूठ भी नहीं बोलना चाहते न ? और आनन्द भोगना चाहते हो उस वस्तु का, जो धोखे और बेईमानी से प्राप्त हो सकती है। ओ ग्लेमिस !

तुम जिस ऐश्वर्य और गौरव के लिए लालायित हो वही तुमसे पुकार-पुकारकर कह रहे हैं कि—'यदि तुम हमें प्राप्त करना चाहते हो तो धृष्टता को तुम्हें गले लगाना ही पड़ेगा।' और कैसा आश्चर्य है कि तुम इसे न करने के लिए अधिक इच्छुक हो, क्योंकि ऐसा करते हुए डर से तुम्हारा हृदय काँपता है न ? शीघ्र यहाँ चले आओ, जिससे मेरे हृदय में जितना भी साहस है वह सब तुम्हारे कानों में होकर हृदय में भर दूँ और अपनी वीरता-भरी वाणी से उस रोड़े को हटाकर नष्ट कर दूँ जो तुम्हारे और राजमुकुट के बीच अड़ा हुआ है, जिससे भाग्य और दैवी शक्तियों के द्वारा तुम पहले विभूषित किए जा चुके हो।

[एक दूत का प्रवेश]

क्या समाचार लाए हो, दूत ?

दूत : देवी ! आज रात को सम्राट् यहाँ पधार रहे हैं।

लेडी मैकबेथ : तुम पर कुछ पागलपन-सा चढ़ा हुआ मालूम होता है, तभी ऐसी बातें कर रहे हो। क्या तुम्हारे स्वामी सम्राट् के साथ नहीं हैं? नहीं ! यदि ऐसी बात होती तो वे मुझे स्वागत की व्यवस्था करने के सम्बन्ध में अवश्य सूचित करते।

दूत : जैसा आप सोचें, देवी ! पर जो कुछ मैं कह रहा हूँ, वह सच है। हमारे थेन आ रहे हैं। हममें से एक व्यक्ति उनसे भी अधिक तीव्र गति से भेजा गया था, जो किसी भी तरह भाग-दौड़कर मरता-मरता पहले आपको यह सन्देश देने आया है।

लेडी मैकबेथ : दूत का स्वागत करो। वह अच्छा सन्देश लेकर आया है।

(स्वगत) वह कौवा भी उस अभागे डंकन के मेरे महल में आने की सूचना देता हुआ स्वयं दुःख से आहें भर रहा है।

आओ, हत्या के इरादों पर मँडराने वाली खून की प्यासी पिशाचिनियो ! आओ, और नष्ट कर दो मेरे स्त्रियोचित अबला स्वभाव को। मेरी रग-रग को भयानक क्रूरता से पूरी तरह भर दो। खून को पूरी तरह गाढ़ा बना दो और उन सभी मार्गों को बन्द कर

दो जहाँ से दया और पश्चात्ताप के भाव प्रवेश कर सकें, ताकि मेरी आत्मा की कोई भी पुकार मुझे अपने काम से विचलित न कर सके और न मेरे इरादों के पूरा होने के बीच कोई बाधा डाल सके। ओ खून के साथ खेलने वाली डाकिनियो ! आओ, जहाँ कहीं भी तुम अपने अदृश्य रूप में प्रकृति के साथ कोई धृष्टता करने के लिए प्रतीक्षा कर रही हो, वहाँ से आओ और मेरे स्तनों के दूध तक को ज़हर की तरह कड़वा बना दो।

आओ, ओ घोर काली रात ! आओ, और यमलोक की ज़हरीली काली धूमराशि की तरह चारों ओर से इस पृथ्वी को इस तरह ढँक लो, जिससे मेरा यह पैना खंजर भी अपने किए घाव को न देख सके और न इस काले परदे में होकर स्वर्गभूमि से देवता यह देखकर पुकार सकें—ठहरो ! ठहरो !!

[मैकबेथ का प्रवेश]

महान् ग्लेमिस ! ओ श्रेष्ठ थेन ! इन दोनों से भी ऊँचे और महान् पद से, जो भविष्य में अवश्य आपको मिलेगा, मैं आपका अभिनन्दन करती हूँ। आपके पत्रों ने मुझे बहुत दूर तक बता दिया है और अब मैं अनजान नहीं हूँ, इसीलिए अभी से मैं भविष्य के ऐश्वर्य और गौरव का अनुभव कर रही हूँ।

मैकबेथ : ओ, मेरी प्राणप्रिये ! मालूम है, सम्राट् डंकन आज रात को यहाँ पधार रहे हैं ?

लेडी मैकबेथ : फिर वापस कब जाएँगे यहाँ से ?

मैकबेथ : उनका विचार तो कल ही चले जाने का है।

लेडी मैकबेथ : कल ? कभी नहीं ! क्या सूर्य की किरणें उस कल को देख पाएँगी जबकि वह यहाँ से वापस चला जाए ? नहीं, मेरे थेन ! आपका चेहरा देखकर तो ऐसा लगता है मानो यह कोई ऐसी किताब हो जहाँ से मनुष्य अजीब तरह की बातें पढ़ सके। अगर समय को धोखा देना है तो अपना यह चेहरा समय के अनुरूप बनाना ही होगा। अपनी आँखों के हाव-भाव से, हाथों से, बोलचाल से, हर तरह से सम्राट् को सम्मान दिखाओ और एक मासूम फूल की तरह बन जाओ,

पर सावधान ! उसके नीचे छिपे हुए ज़हरीले साँप की तरह ! वह डंकन, जो आज यहाँ आ रहा है, हर प्रकार से उसकी आवभगत करो, और उचित रीति से सम्मान दिखाओ। बाकी इस रात के महान् षड्यन्त्र का भार मेरे ऊपर छोड़ दो, जिससे हम वह दिन देख सकें जब हम इस महान् साम्राज्य के एकमात्र स्वामी हों।

मैकबेथ : इस विषय पर फिर बातें करेंगे।

लेडी मैकबेथ : सिर्फ अपने चेहरे को खिलता हुआ बनाए रखना, क्योंकि किसी तरह का भी परिवर्तन खतरे से खाली नहीं। बस, बाकी सब मेरे ऊपर छोड़ दो। **(प्रस्थान)**

दृश्य 6

[वही स्थान; महल के सामने जगमगाता प्रकाश, शहनाइयाँ बजती हैं]

[डंकन, मैलकॉम, डोनलबेन, बैंको, लैनोक्स, मैकडफ, रौस और ऐंगस का अन्य सेवकों के साथ प्रवेश]

डंकन : यह महल कैसे सुन्दर स्थान पर है ! यहाँ की मन्द और सुगन्धित वायु चित्त को कैसा आनन्द दे रही है।

बैंको : मन्दिरों में अपना घर बनाने की शौकीन और गर्मी की मेहमान यह मार्टिल चिड़िया अपने प्रिय घोंसले से इसी बात का समर्थन करती है कि आकाश से अत्यन्त ही सुगन्धित हवा यहाँ बह रही है। आँगन की छत, दीवार थामने वाले खम्बे ऐसा कोई भी स्थान नहीं है जहाँ यह घोंसला न बनाती हो। उसी में यह बच्चों को खिलाती और पिलाती है ! मैंने यह देखा है, मेरे स्वामी ! कि जहाँ यह अधिकतर रहती है और अपने बच्चों को पालती है वहाँ की वायु अवश्य सुगन्धित होती है !

[लेडी मैकबेथ का प्रवेश]

डंकन : देखो, देखो, हमारी मेहमाननवाज़, श्रेष्ठ महिला ! कभी-कभी हमारे मित्र और सम्बन्धी जो प्रेम और सम्मान हमारे प्रति दिखाते

हैं, उससे हम एक संकोच में पड़ जाते हैं, पर फिर भी प्रेम मान कर हम इसका आदर करते हैं। इसलिए हम आपसे यह कहना चाहते हैं कि जो भी कष्ट हमने आपको दिया है उसका ख्याल न करके, आप ईश्वर से हमारे लिए शुभकामना करें और उस कष्ट के लिए हमें धन्यवाद का पात्र समझें।

लेडी मैकबेथ : सम्राट् ! आपके प्रति की गईं हमारी सभी सेवाएँ और ये ही नहीं बल्कि इनसे दुगुनी और चौगुनी तक भी, आपने जो असीम उपकार हमारे प्रति किए हैं, उनका किसी भी रूप में बदला नहीं चुका सकतीं। आपने जैसी उदारता पहले दिखाई थी और जो भी सम्मान अब देकर हमें सम्मानित किया है, उसके लिए हम हमेशा सच्चे फकीरों की तरह आपकी भलाई के लिए ईश्वर से प्रार्थना करते हैं।

डंकन : पर वह हमारा काउडोर का थेन कहाँ छिपा हुआ है। हम बड़ी ही तेज़ी से उसके पीछे-पीछे चले और हर तरह चाहा कि उससे आगे निकल जाएँ पर वह तो वास्तव में एक अच्छा सवार है। उसके पैर की एड़ी से भी तेज़ उसका महान् प्रेम ही उसे हमसे भी पहले घर ले आया है।

हे सुन्दर और उदार हृदय वाली, देवी ! हम आज रात को आपके मेहमान बनकर रहेंगे।

लेडी मैकबेथ : हमारे स्वामी ! हम तो आपके ऐसे सेवक हैं जिनका तन, मन, धन सभी कुछ आपका ही है। हमारी सारी सम्पत्ति आपकी कृपा का ही तो फल है। उसका हिसाब भी तो अभी आपको चुकाना होगा, महाराज ?

डंकन : हमें अपना हाथ दो, देवी ! और अपने पति के पास ले चलो। हम उन्हें अपने हृदय से अधिक प्रेम करते हैं और ऐसा ही सदा करते रहेंगे : अच्छा अब चलो देवी !

(प्रस्थान)

दृश्य 7

[मैकबेथ का महल; जगमगाता प्रकाश;
शहनाइयाँ बजती हैं]

(एक प्रतिहार, भोजनदोषज्ञ और सेवक तश्तरियाँ तथा अन्य वस्तुएँ लेकर आते हैं और रंगमच से गुज़रते हैं। फिर मैकबेथ का प्रवेश)

मैकबेथ : (स्वगत) यदि यह काम मुझे करना है तो क्यों न मैं इसे शीघ से शीघ्र कर डालूँ। यदि खून में हाथ धोने से वे सारे आशंका-भरे परिणाम दूर हो सकें और हमें सफलता मिल सके ! समय के अथाह समुद्र के बीच मौत का पतला-सा किनारा है, यदि हमारे यह कदम उठाने से इस समस्या का यही आरम्भ और अन्त हो तो हम अपने भविष्य के लिए अपने जीवन का भी खतरा सिर पर लेंगे...पर, फिर ऐसे पापों का दण्ड भी तो हमें यहीं भोगना पड़ेगा। हम दूसरों से कहते हैं कि हमारे लिए खून कर दो। पर जब उनके हाथ किसी के खून से रंग जाते हैं, तो उसका कठोर दण्ड हमारे ही सिर पर आकर पड़ता है। ईश्वर के निष्पक्ष न्याय में मैंने कभी-कभी यह भी देखा है कि जो ज़हर का प्याला दूसरों के लिए भरकर तैयार करते हैं वह हमारे ही ओठों के नीचे आ लगता है। नहीं ! मेरे सम्राट् की दूने विश्वास के साथ यहाँ रक्षा होनी चाहिए, क्योंकि एक तो उनका सम्बन्धी दूसरे उनकी प्रजा होने के नाते यह मेरा कर्तव्य है। पर्याप्त कारण है ये इस घृणित हत्या के काम के विरुद्ध। आज वे मेरे अतिथि हैं, उस नाते क्या उनका खून करने के लिए मुझे अपने हाथों में कटार लेनी चाहिए ? नहीं ! मुझे तो उन सभी रास्तों तक को बन्द कर देना चाहिए जहाँ उनके जीवन का हत्यारा घुस सके। और इस सबके अलावा यह डंकन, अपने व्यवहार में इतने सीधे और सच्चे हैं कि उनकी हत्या के डरावने समय में, उनके गुण ही देवताओं के नक्कारों की तरह ज़ोर से पुकार उठेंगे—ठहरो ! नहीं ! नहीं !! ...और नंगे नवजात शिशुओं की तरह संसार के हृदय में बसी दया, बहती हवा में रो उठेगी, और आकाश के देवता वायु रूपी अपने अदृश्य वाहनों पर चढ़कर इस घृणित

इरादे की बात पुकार-पुकारकर सबको सुना देंगे, जिसे जो भी सुनेगा उसी का हृदय फट जाएगा और आँखों में इतने आँसू बहेंगे कि वायु का वेग भी उससे कम हो जाएगा।

मेरी महत्त्वाकांक्षा के सिवाय, इस डंकन के जीवन से मुझे क्या आपत्ति है, जो मुझे इस घृणित इरादे की ओर खींचकर ले जाए ? ...पर कैसी बात है ! यह महत्त्वाकांक्षा ! क्या है यह ? क्या यह ठीक उस सवार की तरह नहीं, जो कभी-कभी अपना निशाना चूककर हारा हुआ-सा दूसरी ओर जा गिरता है !

[लेडी मैकबेथ का प्रवेश]

क्यों ? क्या समाचार है ?

लेडी मैकबेथ : उन्होंने करीब-करीब खाना खा लिया है। पर तुम वहाँ से आ क्यों गए ?

मैकबेथ : क्या वे मेरे बारे में कुछ पूछ रहे थे ?

लेडी मैकबेथ : हाँ ! क्या तुम नहीं जानते ?

मैकबेथ : अब हम इस इरादे की बात आगे नहीं बढ़ाएंगे। सोचो तो अभी-अभी सम्राट् ने मुझे इन उच्च पदों से सम्मानित किया है और फिर सभी लोगों के हृदय में मेरे प्रति कैसे-कैसे पवित्र विचार हैं ! उनका मैं खून नहीं करना चाहता, प्रिये ! उन्हें बचाए रखना ही चाहता हूँ।

लेडी मैकबेथ : ठीक ही है। फिर यह बताओ कि क्या कुछ मतवाले होकर राजमुकुट की अभिलाषा कर रहे हो ? तुम्हारी यह आशा जो पहले पूरी तरह सो-सी गई थी, अब उठी भी तो इस तरह, डर के मारे पीली होकर ! कहाँ है इसमें वह स्वच्छन्दता जो कुछ समय पहले थी ? क्या अब से, जो मेरे प्रति भी तुम्हारा प्रेम है, उसको भी इसी तरह अस्थिर और बिना किसी आधार का मानूँ ? क्या जिस वस्तु को प्राप्त करने की तुम्हारी इतनी लालसा है, उसके लिये कदम आगे बढ़ाने का साहस तुम्हारे अन्दर मर चुका है ? बताओ, मैं पूछती हूँ कि जिसको तुम अपने जीवन का ऐश्वर्य, महानता और गौरव कहते हो, उसे छोड़कर क्या एक कायर का-सा

जीवन बिता लोगे ? बताओ, क्या उसी में तुम्हें सन्तोष मिलेगा ? ठीक है, तुम उसी बिल्ली की तरह हो जो पानी में पड़ी मछली को खाना तो चाहती है, पर अपने पैर उस पानी में भिगोना नहीं चाहती।

मैकबेथ : बस, चुप हो जाओ, और अधिक नहीं, मैं प्रार्थना करता हूँ, बस ! कौन कहता है मैं कायर हूँ ? इस पृथ्वी पर रहने वाले एक पुरुष में जितना साहस होना चाहिए, वह प्रत्येक काम करने के लिए मेरी रगों में है। कौन है ऐसा जो मुझसे अधिक साहसपूर्ण कार्य कर सके !

लेडी मैकबेथ : तो फिर बताओ, जब तुमने मुझे इस षड्यन्त्र की बात बताई थी, उस समय कौन पशु तुम्हारे मस्तिष्क से बोल रहा था ? मैं कहती हूँ, तुम उसी समय एक पुरुष कहलाने के योग्य थे, जब तुमने यह षड्यन्त्र बनाया ही था, और अब इसे पूरा करके तो सचमुच एक वीर पुरुष कहलाने के सच्चे अधिकारी होंगे। क्या तुम भूल गए कि जब तुमने इस षड्यन्त्र की बात सोची थी, तब न तो अपने पास उनको पूरा करने का उचित अवसर था, और न ही उपयुक्त स्थान ? फिर भी उन्हें पैदा करने का तुममें एक साहस था, लेकिन अब तो उचित अवसर और स्थान दोनों तुम्हारे सामने ही हैं; फिर जितनी सुविधा सामने है, उतनी ही कायरता तुम्हारे अन्दर बढ़ती जाती है। मैंने बच्चों को दूध पिलाया है और यह जानती हूँ कि जो बच्चा माँ की छाती से चिपककर दूध पीता है, वह उसे कितना प्यारा होता है ! फिर भी जैसी सौगन्ध खाकर तुमने अपना पक्का इरादा बनाया था, यदि मुझे अपना इरादा इस तरह पूरा करना पड़ता, तो जानते हो, मैं क्या तक कर डालती ? अपने मुस्कराते हुए मासूम बच्चे को भी छाती से हटाकर उसके टुकड़े-टुकड़े करने में तनिक भी न हिचकिचाती।

मैकबेथ : लेकिन...लेकिन अगर हमारा यह षड्यन्त्र किसी तरह पूरा न हो सका तब...?

लेडी मैकबेथ : पूरा न हो सका ? हमसे ? अगर तुम अपने पूरे साहस

से काम लो तो हम कभी असफल नहीं हो सकते। सुनो, जब यह डंकन सो जाए, और अपनी दिन-भर की यात्रा की थकान के कारण मुझे विश्वास है यह शीघ्र ही गहरी नींद सो जाएगा, तब मैं उसके शयनागार के दोनों अधिकारियों को शराब पिलाकर ऐसा कर दूँगी कि मस्तिष्क को काबू में रखने वाली, जो मनुष्य की स्मृति होती है, वह शराब के नशे में धुएँ की तरह उड़ जाएगी और वे पूरी तरह अपनी बुद्धि खोकर पागल जैसे हो जाएँगे। तब वे उस नशे में चूर होकर सूअरों की तरह ऐसे सोए रहेंगे, मानो उनमें जान बची ही न हो। तब इस अकेले डंकन के साथ हम क्या नहीं कर सकते ? फिर नशे में चूर पड़े इन अधिकारियों के ऊपर डंकन के खून का अपराध लादना क्या कुछ मुश्किल होगा ?

मैकबेथ : ईश्वर करे तुम्हारी कोख से वीर पुरुष बनने वाले पुत्र ही पैदा हों, क्योंकि तुम्हारा इस तरह का निर्भीक स्वभाव उन्हीं के लिए उपयुक्त है ! ठीक है, अगर हम इन दोनों अधिकारियों के शरीर पर खून के दाग लगा दें और उन्हीं की कटारों को काम में लें तो क्या यह नहीं समझा जाएगा कि यह खून इन्होंने ही किया है ?

लेडी मैकबेथ : अवश्य, कौन इसे झूठ मानेगा और फिर खासकर जब हम उसकी मृत्यु पर खूब रोएंगे और इधर-उधर चिल्लाएंगे, पुकारेंगे ?

मैकबेथ : तो अब मैं पूरी तरह दृढ़ हूँ; और जितना भी साहस और पौरुष मेरी रगों में है, उसे इस खतरनाक काम में लगा दूँगा। जाओ और अपने इस सुन्दर चेहरे पर बनावटी हँसी लाकर संसार को धोखा दो। जानती हो ? कपट भरे हुए हृदय की बात कपट भरा हुआ चेहरा ही छिपा सकता है।

(प्रस्थान)

दूसरा अंक

दृश्य 1

[इनवर्नेस; मैकबेथ के महल का आँगन]

[बैंको और फ्लीन्स का मशालें लिए हुए प्रवेश]

बैंको : फ्लीन्स ! क्या बज रहा होगा इस समय ?

फ्लीन्स : चाँद तो छिप गया है। घण्टे की आवाज़ अभी तक मैंने नहीं सुनी है, पिताजी।

बैंको : चाँद तो बारह बजे छिप जाता है।

फ्लीन्स : पर मेरे विचार से तो इस समय बारह से अधिक ही बज रहा होगा।

बैंको : अच्छा, तो यह लो मेरी तलवार और यहाँ खड़े रहो। अंधेरा हो गया। मालूम होता है आसमान भी चाँद को छिपाकर इसके लिए सतर्क है कि इस संसार में अधिक प्रकाश न आ पाए। उनकी सभी मशालें बुझ चुकी हैं, इसे भी ले जाओ। मेरी आँखें तो गहरी नींद के कारण इस तरह झुकी पड़ रही हैं मानो कोई शीशे का-सा बोझ इन पर पड़ा हो, लेकिन फिर भी मैं सोना नहीं चाहता। ओ दयालु स्वर्ग के देवताओ ! सोते समय मेरे मन में जो कभी-कभी पाप भरे हुए काले विचार उठते हैं, उन्हें रोक दो।
कौन आ रहा है यहाँ ? मेरी तलवार दो।

[मैकबेथ का प्रवेश; साथ में एक सेवक मशाल लिए]

मैकबेथ : कोई अन्य नहीं, एक मित्र !

बैंको : ओ, क्या श्रीमान् अभी तक सोए नहीं ? सम्राट् सो गए हैं। बड़े ही प्रसन्न थे आज वे। तुम्हारे सेवकों को बड़े-बड़े पुरस्कार

भेजे हैं उन्होंने। तुम्हारी पत्नी ने उनका हार्दिक स्वागत किया है, इसीलिए यह हीरा उन्होंने उसको उपहारस्वरूप भेजा है। अब पूर्ण सुख और सन्तोष के साथ वे सो गए हैं।

मैकबेथ : वैसे तो पूरी तरह स्वागत की तैयारी के लिए हमें पर्याप्त समय नहीं मिल सका। अतः स्वागत में कुछ त्रुटियाँ अवश्य रह गईं, जो अधिक समय मिलने पर न रहतीं।

बैंको : जैसा भी हुआ बहुत सुन्दर है ! छोड़ो इसे।...हाँ सुनो, कल रात को सपने में फिर मैंने उन तीनों डायन बहिनों को देखा था। तुम्हें तो उनकी बात कुछ सच्ची भी पड़ी है।

मैकबेथ : मैं उनके बारे में अब कुछ नहीं सोचना चाहता पर फिर भी यदि तुम अपना कोई समय निकाल सको, तो कुछ रामय बैठकर हम इसके बारे में बातें करें।

बैंको : जब तुम्हें सुविधा हो, मैं तो हर समय तुम्हारी सेवा में उपस्थित हूँ।

मैकबेथ : ठीक है, समय आने दो, यदि उस समय तुमने मेरी बात मानी तो इससे तुम्हें उच्च सम्मान मिलेगा, बैंको !

बैंको : अवश्य मानूँगा, पर इस नये सम्मान को पाने के लिए मैं लोगों के तथा सम्राट् के हृदय में जो कुछ भी मेरा सम्मान है, उसे नहीं खोना चाहता। मेरी आत्मा पहले की तरह ही पवित्र रहे और किसी प्रकार का विश्वासघात सम्राट् के प्रति मुझे न करना पड़े, तो अवश्य मैं तुम्हारी बात मानूँगा।

मैकबेथ : अच्छा, जाओ, इस बीच में जाकर तुम कुछ आराम कर लो।

बैंको : धन्यवाद ! तुम भी इस समय आराम कर लो।

[बैंको और फ्लीन्स का प्रस्थान]

मैकबेथ : (सेवक से) जाओ और अपनी स्वामिनी से जाकर कह दो कि मेरी शराब की व्यवस्था हो जाए तो घंटी बजाकर मुझे बुला लें। तुम उसके बाद जाकर सो सकते हो।

[सेवक जाता है]

मेरे सामने रखी हुई क्या यही वह कटार है जिसकी मूठ मेरी तरह

मुड़ी हुई है। आ, ओ प्यारी कटार ! मेरे हाथों को आकर चूम ले। ...लेकिन हैं ! यह क्या ? मैं तुझे अपनी आँखों के सामने देख रहा हूँ और फिर भी अपने हाथ में नहीं ले पा रहा हूँ। ओ मौत की-सी डरावनी कल्पना पैदा करने वाली शक्ति ! तुझे क्या मैं केवल देख ही सकता हूँ, हाथ से छू नहीं सकता ? या बता, तू मेरे मस्तिष्क की कल्पना-मात्र तो नहीं है, जो मनुष्य के ऐसे भावावेश में निश्चित ही धोखा देने के लिए आती है ? अब भी मैं देख रहा हूँ, तू उतनी ही वास्तविक दीख रही है जैसे मेरी यह तलवार जिसे मैं म्यान में से खींचता हूँ। तू मुझे ठीक उसी तरफ ले जा रही है, जहाँ मैं जाना चाहता था। तब क्या तू उस मन्त्र की तरह नहीं है जिसे मुझे इस अवसर के लिए प्रयोग में लाना चाहिए ? अवश्य ! तब या तो मेरी आँखें मुझे धोखा दे रही हैं या शरीर की अन्य इंद्रियों को छोड़कर ये आँखें ही विश्वास करने के योग्य हैं। अभी तक भी मैं तुझे अपनी आँखों के सामने देख रहा हूँ और...यह क्या ? जहाँ पहले कुछ नहीं था, वहाँ तेरी इस मूठ और धार पर खून की बूँदें...नहीं ! नहीं !! ऐसी कोई चीज़ नहीं है। यह मेरा खूनी षड्यन्त्र है, जो मुझे यह सब कुछ दिखा रहा है। आधी से ज्यादा दुनिया के आदमी मुर्दों की तरह रात की छाया में सोए हुए हैं। न जाने कितने डरावने और बुरे-बुरे सपने इस समय उनके मस्तिष्क में कोलाहल मचा रहे होंगे।

अरे, यह क्या ? ये तो डायनें हैं। मालूम होता है अपनी देवी हिकेट को बलि चढ़ाने के लिए ही ये यहाँ इक्ट्ठी हुई हैं। यह भेड़िया भी पुकार-पुकारकर बता रहा है कि अभी रात है, और इसी भरोसे, मन में घबराया हत्यारा, हत्या करने के लिए चुपके से एक दैत्य की तरह ऐसे जा रहा है, जैसे तारकिन ल्यूसिरस के साथ व्यभिचार करने के लिए गया था।

ओ पृथ्वी ! जिधर भी मेरे ये कदम जाएँ, उनकी आवाज़ को मत सुनना। मुझे डर है कि ये बेजान पत्थर भी कहीं न बोल उठें और मेरे बारे में बातें न करने लग जाएँ। इस समय जो सन्नाटा है,

जिसमें भय की काली छायाएँ चुपचाप खड़ी हुई हैं; बस यही अवसर के लिए ठीक है।...

ओ, मैं अभी तक ये डर की बातें ही कर रहा हूँ और वह डंकन अभी तक जीवित सोया हुआ है।...नहीं...

ओ ! ठीक ही है, इस तरह कोरी भावुकता और कल्पना की उड़ान किसी कार्य के आवेश को ठण्डा कर ही देती है।

[घण्टी बजती है]

पर क्या है, मैं गया और यह काम पूरा हुआ। ओ, वह घण्टी मुझे बुला रही है। मत सुन डंकन इसे ! यह वह आखिरी घण्टी है जो तेरी मौत को बुला रही है। **[जाता है]**

दृश्य 2

[वही स्थान; लेडी मैकबेथ का प्रवेश]

लेडी मैकबेथ : उसी शराब ने, जिससे वे नशे में चूर पड़े हुए हैं, मेरे खून में वीरता का एक जोश भर दिया है। जिसने उन्हें पागल बना दिया है और वे बेहोश पड़े हैं, उसी से मेरे अन्दर एक आग-सी जल उठी है।

वह सुनो, शान्त !

वह उल्लू पुकार-पुकारकर उस अभागे को मौत की सूचना दे रहा है। बस, अब यम के दूत उनकी आँखों के सामने आ गए होंगे। ...दरवाज़े खुले हुए हैं और शयनागार में सभी अधिकारी शराब के नशे में धुत्त इस तरह खर्राटे ले रहे हैं, मानो वे अपने कर्तव्य की हँसी-सी उड़ा रहे हों। पर, हाँ, मैंने उनकी शराब में ज़हर मिला दिया है, इसलिए अब ज़िन्दगी और मौत का संघर्ष है। देखती हूँ वे जीवित रहते हैं या नागिन मौत उन्हें डस जाती है।

मैकबेथ : (अन्दर से घबराकर) कौन ? कौन है वहाँ ? क्या है ?

लेडी मैकबेथ : हाय मुझे डर है कि उनकी नींद खुल गई है और अभी तक तुमने काम पूरा नहीं किया। इस तरह काम शुरू करके अधूरा

छोड़ देने से तो हमारा सर्वनाश हो जाएगा। सुनो ! मैंने उनकी कटारों को तैयार कर दिया है और उनसे वह नहीं बच सकता। सच कहती हूँ, यदि सोती अवस्था में उसका चेहरा मेरे पिता के चेहरे से मिलता हुआ न होता तो स्वयं मैं इस काम को कर डालती, मेरे पति !

[मैकबेथ का प्रवेश]

मैकबेथ : कर डाला है मैंने यह काम ! क्या तुमने कोई आवाज़ नहीं सुनी ?

लेडी मैकबेथ : सिर्फ उल्लू और झींगुरों को सन्नाटे में पुकारते हुए सुना था। क्या तुम कुछ नहीं बोलते थे ?

मैकबेथ : कब ?

लेडी मैकबेथ : अभी-अभी।

मैकबेथ : जिस समय मैं उतरा था उस समय की बात कर रही हो ?

लेडी मैकबेथ : हाँ, हाँ उसी समय।

मैकबेथ : सुनो, उस दूसरे शयनागार में कौन सो रहा है ?

लेडी मैकबेथ : डोनलबेन।

मैकबेथ : [अपने हाथों की ओर देखता हुआ] ओ, कैसा दुखदायी है यह हाथों का खून ! ओह ! ...कितना बुरा।

लेडी मैकबेथ : दुखदायी, बुरा ? अब यह कहना तो मूर्खता है।

मैकबेथ : ओह, वहाँ एक तो अपनी नींद में ही खिल-खिलाकर हँस पड़ा था और दूसरे ने ज़ोर से पुकारा था—'हत्या ! हत्या !' इस तरह उन दोनों पहरेदारों ने एक-दूसरे को जगा दिया। मैं खड़ा रह गया और मैंने उनकी बातें सुननी चाहीं, लेकिन उन्होंने तो उठ कर ईश्वर से प्रार्थना ही की और फिर बिना कुछ बोले एक-दूसरे की तरफ इशारा करके वे सो गए।

लेडी मैकबेथ : वहाँ तो दो आदमी साथ-साथ सो रहे हैं।

मैकबेथ : एक पुकार उठा था—'हे ईश्वर ! बचाओ !' और दूसरा सिर्फ 'आमीन' कहकर ऐसे कहता-कहता रुक गया, मानो उन्होंने मुझे मेरे इन खून से रंगे हाथों के साथ देख लिया हो। उनके मुँह से निकलते शब्द भय से काँप रहे थे। उन्हें सुनकर मैं 'आमीन' तक

भी न कह सका, जबकि उन्होंने कहा—'हे ईश्वर ! बचाओ हमें।'

लेडी मैकबेथ : इतनी गहराई से इस बात को न सोचो। यह सब कुछ भी नहीं है।

मैकबेथ : लेकिन, फिर मेरे मुँह से 'आमीन' तक भी उस समय क्यों नहीं निकल पाया, जबकि ईश्वर की सहायता की मुझे आवश्यकता थी और 'आमीन' यह शब्द मेरे गले में ही अटक रहा था।

लेडी मैकबेथ : ऐसे कार्यों में इस तरह सोचते हुए नहीं उलझना चाहिए। नहीं ! इस तरह सोचते हुए तो हम पागल हो जाएँगे।

मैकबेथ : मुझे याद आ रहा है, उसी समय मैंने किसी को पुकारते हुए सुना था—'बस, अब अधिक मत सोओ। मैकबेथ नींद की हत्या कर रहा है।' वह नींद, जिसकी गोद में सोया हुआ प्रत्येक प्राणी अबोध-सा मालूम होता है, वह नींद, जिसमें मनुष्य के जीवन की चिन्ताएँ इस तरह मिट जाती हैं, मानो कोई रेशम के उलझे हुए गुच्छे को सुलझा दे; वह नींद, जिसके आँचल में मुँह ढक के दिन-भर का थका प्राणी सोता है, तो उसके दुःख और चिन्ता से बिंधे हृदय को शान्ति देती है। वह नींद, जो मनुष्य में एक नई स्फूर्ति भरती है !

लेडी मैकबेथ : क्या कहना चाहते हो तुम ? इस सबसे क्या मतलब है तुम्हारा ?

मैकबेथ : अभी तक भी पूरे महल में वही आवाज़ चीखती हुई फिर रही है— अब और अधिक मत सोओ। ग्लेमिस ने नींद की हत्या कर दी है और इसलिए काउडोर अब और अधिक नहीं सो पाएगा। मैकबेथ अब कभी नहीं सो सकेगा।

लेडी मैकबेथ : कौन था वह जो कि ऐसे चिल्लाया था, श्रेष्ठ थेन ? क्यों तुम इस तरह पागलों की-सी बात बनाकर अपने पौरुष पर धब्बा लगाना चाहते हो। जाओ, और पानी लेकर अपने हाथों में लगे इन खून के दागों को धो डालो।...पर हैं। यह क्या ? इन कटारों को तुम उस जगह से क्यों उठा लाए ? इन्हें तो वहीं छोड़ देना चाहिए था। जाओ, जाओ, इन्हें वहीं ले जाकर रख दो और उन सोए हुए

पहरेदारों को खून के दागों से पूरी तरह सानकर आ जाओ।

मैकबेथ : नहीं, नहीं, अब मैं वहाँ नहीं जा सकता। ओह ! क्या किया मैंने यह ! सोचकर मेरा हृदय डर से काँप रहा है। मेरा उस तरफ देखने तक का अब साहस नहीं होता।

लेडी मैकबेथ : क्या ? ओ अपने इरादे में इस तरह काँपने वाले आदमी ! दो मुझे इन कटारों को। नींद और मौत की छाया में सोए पड़े हुए ये सभी आदमी मुर्दा तस्वीरों की तरह हैं ? क्या ये किसी तरह का रोड़ा बनकर नुकसान पहुँचा सकते हैं। शैतान की तस्वीर देखकर तो घुटनों के बल चलने वाला एक बच्चा भी डरता है। मैं जाती हूँ। अगर उस डंकन के शरीर से अभी तक भी गरम खून निकल रहा होगा तो उसी से मैं उन सोए हुए पहरेदारों के चेहरे को रंग दूँगी। इस हत्या का शक-शुबहा उन्हीं पर होना चाहिए। **[जाती है]**

[अन्दर खटखट की आवाज़]

मैकबेथ : यह खटखट की आवाज़ कहाँ से आ रही है ? ओह ! यह क्या हो गया है मुझे ? हर आवाज़ मुझे डरा रही है।

[अपने खून से रंगे हाथों की ओर देखकर] क्या ? ओह ! कैसे हाथ दिखाई दे रहे हैं ये मेरी आँखों के सामने ? देखो, मेरी आँखों को नोच-नोचकर निकाल रहे हैं ये । क्या हुआ यह ! मेरे हाथों से इन दागों को तो समुद्र का सारा पानी भी नहीं मिटा सकेगा। नहीं ! इनसे तो उसका नीला पानी भी एक बार लाल हो जाएगा।

[लेडी मैकबेथ का पुनः प्रवेश]

लेडी मैकबेथ : देखो, मेरे हाथ अब तुम्हारे हाथों की तरह ही लाल हैं, लेकिन तुम्हारा-सा कायर हृदय हो तो धिक्कार है मुझे!

[अन्दर खटखट की आवाज़]

दक्षिण द्वार पर कुछ खटखट सुनाई दे रही है। बस अब हमें अपने कमरों में चलना चाहिए। थोड़ा-सा पानी ही हमारे हत्या के सारे अपराध को धो देगा। थोड़ा-सा पानी ही... फिर क्या प्रमाण रहेगा। कितना आसान है तब यह ! तुम्हारे स्वभाव में जो दृढ़ता और साहस था वह तो पूरी तरह मर चुका है।

[अन्दर खटखट की आवाज़]

वह सुनो, कोई बराबर दरवाज़ा खटखटाए जा रहा है। अपने कपड़े पहन लो। हो सकता है हमें वहाँ जाना पड़ जाए, तो उस समय यही मालूम होगा कि हम सम्राट् की रक्षा के लिए ही जाग रहे हैं। ठीक है न ? अब ऐसे पागलों की तरह कहीं खोए-खोए न रहो।

मैकबेथ : मुझे याद आ रहा है। अब भी वह खून मेरी आँखों के सामने दीख रहा है। ओह ! कितना अच्छा हो मैं पागल हो जाऊँ।

[अन्दर फिर खटखट की आवाज़]

जाग जा, ओ डंकन ! आवाज़ से आँखें खोल ले। ओह ! मैं कितना चाहता हूँ कि अब तू फिर जाग जा। **[जाता है]**

दृश्य 3

[वही स्थान; एक द्वारपाल का प्रवेश]

[अन्दर वही खटखट की आवाज़]

द्वारपाल : सचमुच कोई दरवाज़ा खटखटा रहा है। ओ, चाहे कोई यमपुरी के द्वार का द्वारपाल ही क्यों न हो, उसे बार-बार दरवाज़ा खोलने में कितना काम करना पड़ता है।

[अन्दर से फिर खटखट की आवाज़]

खटखट, खटखट, क्या है यह खटखट ? यमराज के नाम पर मैं पूछता हूँ कौन हो तुम ? बताओ। अच्छा, तो यह वही किसान है जिसने यह देखकर कि फसल खूब हो रही है और अब उसका इकट्ठा किया हुआ अनाज बहुत सस्ता बिकेगा, अपने गले में फन्दा पहनकर अपने-आपको फाँसी दे ली थी ? ओ, ठीक, इस नरक में घुसने के लिए ठीक समय पर आए हो तुम। ठीक है, ठीक है; पर हाँ, यह तो बताओ, तुम्हारे पास रूमाल तो काफी होंगे ही, क्योंकि यहाँ इस नरक में इतना पसीना तुम्हारे शरीर से निकलेगा कि पूरी तरह बहने लग जाएगा।

[अन्दर फिर खटखट]

फिर खटखट, खटखट। मैं दूसरे शैतान के नाम पर पूछता हूँ, कौन हो तुम ? बोलो। ओ, ठीक, ठीक, समझ गया, दुरंगा आदमी, एक ही समय में दो-दो बातें कहने वाला आदमी । ओ, सच और झूठ दोनों बातों में सौगन्ध खाकर ईमान उठा जाने वाला आदमी। वही जो भगवान की आड़ में खुलकर अनाचार और अत्याचार करता था ? फिर भी इस झूठ और सच से स्वर्ग नहीं जा सका न ? ठीक है, ठीक है, आ जाओ, ओ दुरंगे आदमी, यहाँ तुम्हारे लिए जगह है।

[अन्दर फिर खटखट की आवाज़]

खटखट, खटखट, समझ में नहीं आता फिर यह क्या खटखट है ? कौन हो तुम ! ओ दर्जी ! ठीक है, वही दर्जी हो न तुम, जो उस सीने को दिए गए बिरजिस के कपड़े में से कुछ चुरा रहे थे ! अन्दर आ जाओ, दर्जी ? आओ। यहाँ इस नरक में तुम्हारे लोहे के लिए खूब आग मिलेगी। आ जाओ।

[अन्दर फिर खटखट]

फिर खटखट, अब भी चैन नहीं। ओह ! आखिर तुम कौन हो ? बोलो !

पर हाँ, अरे यहाँ तो इतनी ठण्ड है, फिर नरक कैसे हो सकता है यह ? मैं भूल रहा हूँ। नहीं अब और अधिक इस यमपुरी का द्वारपाल मैं नहीं बनूँगा। मैंने सोचा था कि सभी तरह के पेशेवरों को, जो आसानी से पाप करते रहते हैं, आसानी से ही नरक की उस जलती हुई आग के पास चला जाने दूँ।

[अन्दर फिर खटखट की आवाज़]

हाँ, हाँ, पर मेरी यह प्रार्थना है कि बेचारे इस द्वारपाल की ओर से नज़र फेर जाना।

[द्वार खोलता है]

[मैकडफ और लैनोक्स का प्रवेश]

मैकडफ : क्यों ? क्या रात बहुत देर से सोए थे जो अभी तक भी बिस्तरे में पड़े हुए हो ?

द्वारपाल : नहीं, सच मानिए, स्वामी। मुर्गे की दूसरी बाँग तक हम जागते रहे थे।

मैकडफ : क्या तुम्हारे स्वामी यहीं हैं ?

[मैकबेथ का प्रवेश]

अरे, वे तो आ रहे हैं। मालूम होता है हमारे इस तरह बार-बार खटखटाने से उनकी नींद टूट गई है।

लैनोक्स : अभिवादन करता हूँ, श्रेष्ठ !

मैकबेथ : आप दोनों को भी मेरी ओर से अभिवादन है।

मैकडफ : श्रेष्ठ थेन ! क्या सम्राट् जाग गए हैं ?

मैकबेथ : अभी तक तो नहीं जागे मालूम होते हैं।

मैकडफ : उन्होंने तो मुझसे इससे पहले ही आने की कह दी थी, पर मुझे कुछ देर हो गई।

मैकबेथ : चलो, मैं तुम्हें वहाँ ले चलता हूँ।

मैकडफ : श्रेष्ठ थेन ! मैं जानता हूँ कि तुम यह सब कुछ खुशी से ही कर रहे हो, पर इसमें तुम्हें तकलीफ तो अवश्य होगी।

मैकबेथ : जिस काम को करने में हृदय की खुशी हो, उसमें तकलीफ कैसी ? देखो, वही दरवाज़ा है।

मैकडफ : वहाँ से मुझे उनको पुकारना चाहिए। क्यों नहीं ? हमें तो इतना अधिकार मिला ही हुआ है। **(मैकडफ जाता है)**

लैनोक्स : क्या सम्राट् यहाँ से आज ही वापस जाएँगे ?

मैकबेथ : हाँ, इरादा तो उनका यही है।

लैनोक्स : आज रात कैसी डरावनी थी। मालूम है, जहाँ हम सो रहे थे, वहाँ जलती हुई चिमनियाँ टूट-टूटकर हवा के झोंकों के साथ नीचे गिर पड़ीं और कुछ तो कहते हैं कि हवा की साँय-साँय में कुछ मौत की-सी बड़ी डरावनी चीख सुनाई देती थी। ऐसा लगता था, मानो कि वे चीखें और भी ज़ोर से पुकारकर रही थीं—'सावधान, बुरा समय आ रहा है।' उल्लू भी रात-भर अपनी बुरी भयावनी बोली में बोलता रहा। कुछ तो यहाँ तक कहते हैं कि सबसे डरकर, एक बार तो पृथ्वी भी थर-थर काँप उठी थी।

मैकबेथ : हाँ, यह रात तो इतनी ही डरावनी थी।

लैनोक्स : अपनी छोटी-सी याद में तो मैंने ऐसी रात कभी नहीं देखी।

[मैकडफ का पुनः प्रवेश]

मैकडफ : ओ, गजब ! गजब हो गया !! गजब हो गया !!! न तो कुछ मुँह से कहते ही बनता है और न हृदय कभी भी इसकी कल्पना ही कर सकता था।

मैकबेथ :
लैनोक्स : } क्यों ? क्या हुआ ?

मैकडफ : मौत की काली छाया नाच रही है। ओ ! किसी घृणित हत्यारे ने सम्राट् का खून कर दिया !

मैकबेथ : क्या ? क्या कह रहे हो तुम ? खून ? यहाँ ?

लैनोक्स : सम्राट् का खून ?

मैकडफ : हाँ, जाओ, विश्वास न हो तो उस कमरे मे जाकर उस भयानक दृश्य को देख लो और अपनी आँखें फोड़ लो। मत कहो मुझसे कुछ कहने के लिए। स्वयं जाकर तुम देखो और समझो।

[मैकबेथ और लैनोक्स जाते हैं]

उठो ! उठो !!

खतरे की घण्टी बजा दो। खून ! षड्यन्त्र ! बैंको ! डोनलबेन ! मैलकॉम ! कहाँ हो ? उठो ! मौत की-सी गहरी नींद को दूर करो। देखो, यह खून ! हत्या ! उठो ! उठो !! यह देखो प्रलय का अन्तिम दिन आ गया ! मैलकॉम ! बैंको ! छोड़ दो अपनी नींद और मौत के इस भयानक दृश्य को देखने के लिए उसी तरह उठे चले आओ, जैसे भूत-प्रेत अपनी-अपनी कब्रों से उठकर चले आते हैं ! बजा दो खतरे की घण्टी।

[घण्टी बजती है]

लेडी मैकबेथ : क्या हुआ यह ? सभी सोए हुए लोगों को उठाने के लिए यह खतरे की घण्टी कैसे बजाई जा रही है ! बोलो, बताओ क्या हुआ ?

मैकडफ : ओ, देवी ! मत पूछो मुझसे। जो कुछ मैं बताऊँगा वह तुम्हारे सुनने लायक नहीं है। तुम स्त्री हो और स्त्री को ऐसी बात बताना उसकी हत्या करने के बराबर है देवी !

[बैंको का प्रवेश]

ओ बैंको ! ओ बैंको !!

हमारे स्वामी का किसी नीच हत्यारे ने खून कर डाला है।

लेडी मैकबेथ : हैं ! क्या कहा ? खून ? हमारे घर में खून ?

बैंको : कहीं भी होता उतना ही बुरा होता, देवी ! पर नहीं ! मत कहो यह। मेरे प्यारे, डफ ! कह दो कि यह सब कुछ झूठ है। नहीं... ।

[मैकबेथ तथा लैनोक्स का पुनः प्रवेश]

मैकबेथ : ओह, क्या अच्छा होता कि ऐसे अभागे समय से एक घण्टा पहले ही मैं मर जाता, तो मैं अपनी अन्तिम श्वासें तो सन्तोष के साथ ले सकता। पर क्या है अब ? इसी क्षण से मुझे लगता है कि कोई सत्य नहीं है मनुष्य के इस क्षुद्र जीवन में। उसका यह सब अहंकार मिट्टी के खिलौनों का-सा खेल है ? क्या यश और गौरव अभी भी जीवित है ? नहीं ! ज़िन्दगी की शराब लुट चुकी है और इस आसमान के नीचे खोखली दुनिया में अब सिर्फ गन्दगी और कीचड़ बच रही है।

[मैलकॉम तथा डोनलबेन का प्रवेश]

डोनलबेन : क्या हुआ है यह ?

मैकबेथ : तुम यहाँ हो और तुम्हें अभी कुछ पता ही नहीं ? ओ डोनलबेन ! वही सोता जो तुम्हारी जीवन-लता को पानी देकर सींचा करता था, आज हमेशा-हमेशा के लिए सूख गया है। तुम्हारे जीवन का आधार मिट गया है।

मैकडफ : किसी हत्यारे ने तुम्हारे पिता सम्राट् का खून कर डाला है।

मैलकॉम : हैं, क्या कहा ? किसने किया है यह सब ?

लैनोक्स : मालूम तो यही होता है कि उनके शयनागार के पहरेदारों ने ही यह काम किया है। उनके हाथ और चेहरे सब खून से रंगे हुए थे और इसी तरह उनकी कटारें भी मानो खून में डूबी हुई

थीं। जब हमने उनके तकियों की तरफ देखा तब हमें खून से लथड़ी वहाँ पड़ी हुई मिलीं। हमारे वहाँ पहुँचते ही उन्होंने एक बार हमारी तरफ देखा और देखकर वे एक साथ कुछ घबरा-से गए। मुझे तो उन्हें देखकर ऐसा लगता था कि उनके बीच में तो हर किसी की जान को खतरा हो सकता था।

मैकबेथ : पर ओह ! मैं अपने उस भावावेश के लिए कितना पछताता हूँ जिसने मुझसे उनका यह खून करवा दिया।

मैकडफ : तुमने ? पर ऐसा किया क्यों तुमने ?

मैकबेथ : किया क्यों ? तो फिर तुम्हीं बताओ कि इस संसार में कौन ऐसा है जो ऐसे समय में शान्ति, धैर्य और बुद्धिमानी से काम ले सकता है, जब क्रोध की आग उसके हृदय में जल रही हो ? क्या एक वफादार आदमी इस तरह अपने स्वामी की हत्या का यह दृश्य देखकर अपने-आपको बस में रख सकता था ? नहीं, कोई नहीं। सम्राट् के प्रति मेरे असीम प्रेम ने मेरी सारी बुद्धि पर परदा डाल दिया। मैंने देखा कि एक तरफ चाँदी की-सी देह वाला यह डंकन पड़ा हुआ था और उस देह पर हुए घावों को देखकर तो मुझे लगा कि यम के दूतों के घुसने के लिए किसी ने ये द्वार बना दिए थे। फिर ठीक दूसरी ओर मैंने देखा कि खून से भीगे हुए ये हत्यारे थे। उनकी कटारें पूरी तरह खून से सनी हुई थीं। फिर तुम्हीं बताओ कि जिसके हृदय में सम्राट् के प्रति निर्भीक प्रेम है वह कैसे अपने-आपको ऐसे अवसर पर बस में रख सकता था।

लेडी मैकबेथ : ओह ! नहीं ! नहीं ! ले चलो मुझे यहाँ से। मुझे दूर ले चलो।

मैकडफ : (सेवक से) इस देवी के पास रहो।

मैलकॉम : हमारे मुँह क्यों बन्द हैं, डोनलबेन ! जबकि हमारे पिता का जीवन हमसे ही सबसे अधिक सम्बन्धित है ?

डोनलबेन : (मैलकॉम से) क्या बोलें हम यहाँ भाई ! जहाँ इसका डर है कि किसी कोने में छिपा हमारा दुर्भाग्य निकलकर कहीं हमें ग्रस न ले। चलो, यहाँ से कहीं दूर भाग चलें। अभी हमारा आँसू

बहाने का समय यहाँ नहीं है।

मैलकॉम : (डोनलबेन से) और न अभी कोई ऐसा कार्य करने का समय है, जिससे हम अपने गहरे दुःख को प्रकट कर सकें।

बैंको : इस देवी की देखभाल करना।

[लेडी मैकबेथ बाहर लाई जाती है]

अब ठण्डी हवा से बचने के लिए सभी अपने-अपने कपड़े पहन लो और आओ फिर मिलकर इस षड्यन्त्र का आगे तक कुछ पता लगाएँ। हमारे हृदय का डर और सन्देह हमारे कदमों को आगे बढ़ने से रोकता है। मैं उस परमात्मा की सौगन्ध खाकर कहता हूँ कि उन घृणित हत्यारों के छिपे हुए सारे षड्यन्त्र को खोज निकालूँगा।

मैकडफ : यही मैं करूँगा।

सभी : हम सब भी ऐसा ही करेंगे।

मैकडफ : तो बस अब शीघ्रता से अपने-अपने कपड़े पहन लो और चलो सब लोग उस बड़े कमरे में इकट्ठे होकर कुछ योजना बनाएँ।

सभी : स्वीकार है।

[मैलकॉम और डोनलबेन को छोड़कर सभी चले जाते हैं]

मैलकॉम : क्या करोगे अब तुम, बताओ। मैं सोचता हूँ हमें अब उनके बीच में नहीं रहना चाहिए। बनावटी आँसू तो अपनी आँखों से वही आदमी आसानी से गिरा सकता है जो झूठा होता है। मैं तो अब इंगलैड चला जाऊँगा।

डोनलबेन : तो मैं आयरलैण्ड चला जाऊँगा। हमारी सुरक्षा के लिए यही अच्छा है कि हम एक-दूसरे के पास न रहें और अपने दोनों के भाग्य को अलग-अलग राहों से चलने दें। इसी जगह जहाँ अब हम हैं, मुझे लगता है कि मनुष्य की मुस्कराहट में कटारें छिपी हुई हैं। यहाँ जिससे जितना निकट खून का सम्बन्ध है वह उतना ही खून का प्यासा है।

मैलकॉम : और फिर हत्या के लिए छोड़ा हुआ तीर अभी अपने ठीक निशाने पर जाकर नहीं लगा है। हमारे लिए सबसे अच्छा इसी में है, डोनलबेन ! कि इस तीर के निशान से बचें। इसलिए चलो,

अपना-अपना घोड़ा लें और शीघ्र यहाँ से भाग चलें। बस अब एक-दूसरे से संकोच करने में समय न बिताएँ। जानते हो, जहाँ से दया का नामोनिशान पूरी तरह उठ गया हो और चारों ओर खतरा ही खतरा दिखाई दे, वहाँ से चुपचाप भाग जाना ही अच्छा है।

[जाते हैं]

दृश्य 4

[मैकबेथ के महल के बाहर]

[रौस तथा एक वृद्ध पुरुष का प्रवेश]

वृद्ध : अपने जीवन के सत्तर बरस मैंने गुजारे हैं और इस बीच न जाने कितनी अजीब भयानक से भयानक घटनाएँ देखीं, पर इस डरावनी रात को देखकर तो मुझे अपना वह सारा अनुभव कुछ फीका-सा लगता है।

रौस : ओह ! मेरे अच्छे पिता ! क्या आप नहीं देखते कि जहाँ मनुष्य ऐसे पाप करने लग जाते हैं वहाँ आकाश भी मन में क्रुद्ध होकर खून से सनी इस पृथ्वी को डराने लगता है। घड़ी में देखिए, दिन निकल आया है पर रात का वह अन्धकार सूर्य की किरणों को आकाश में ही रोके हुए है। क्या है यह ? इस समय जब सूर्य की उन जीवनदायिनी किरणों को आकर पृथ्वी को चूमना चाहिए था, उस समय चारों ओर यह रात का अन्धकार कैसा ? मुझे तो लगता है कि मनुष्य के इन घृणित पापों को शर्म के मारे सूर्य देखने का साहस नहीं कर रहा है।

वृद्ध : जैसी घटना आज घटी है, वैसी कभी न तो सुनी और न देखी। मालूम है, पिछले मंगलवार को ही एक बाज गर्व में भरकर आकाश में उड़ रहा था तो छोटी-छोटी चुहिया मारने वाले एक उल्लू ने उसका पीछा किया और उसे मार गिराया।

रौस : और डंकन के घोड़े कितने सुन्दर और विश्वास के साथ दौड़ने

वाले हैं। सभी अच्छी नस्ल के हैं पर सच मानिए, कैसी विचित्र-सी बात है, वे सभी पागल हो गए हैं। उन्होंने अपनी लगाम आदि सभी बन्धन तोड़ डाले हैं। ऐसा मालूम होता है कि पूरी मनुष्य जाति के विरुद्ध विद्रोह करने पर वे तुल पड़े हैं। कितनी भी रोकने की कोशिश करने पर रुकते ही नहीं।

वृद्ध : कोई कह रहा था कि वे एक-दूसरे का माँस नोच-नोचकर ही आपस में इस तरह एक-दूसरे को खा गए।

रौस : ठीक यही बात है। जब मैंने देखा तो मुझे भी आश्चर्य होने लगा। लो श्रेष्ठ मैकडफ आ रहे हैं।

क्यों अब क्या स्थिति है, श्रीमान् ?

[मैकडफ का प्रवेश]

मैकडफ : क्या तुम्हें कुछ दिखाई नहीं पड़ रहा ?

रौस : हाँ, पर क्या कुछ पता लगा कि किस कमीने ने यह घोर पाप किया है ?

मैकडफ : उन्हीं द्वारपालों ने जिन्हें मैकबेथ ने मार डाला है।

रौस : हाय ! अभागे दिन ! ऐसा करने में उन द्वारपालों को क्या मिलता ?

मैकडफ : उन्हें तो किसी ने इस काम के लिए किराये पर रखा मालूम होता है। कुछ सुना ? सम्राट् के दोनों पुत्र मैलकॉम और डोनलबेन न जाने छिपकर कहाँ भाग गए हैं, इसी से इस हत्या का शुबहा उन्हीं पर जाता है।

रौस : यह भी कैसी अजीब-सी बात है। ओ, उनकी वह अन्धी और मतवाली महत्त्वाकाँक्षा उन माँ-बाप को भी खा गई जिन्होंने उन्हें इस संसार में जन्म दिया और पाल-पोसकर बड़ा किया है। तब तो अधिक सम्भव यही है कि मैकबेथ ही अब सम्राट् बनेंगे।

मैकडफ : हाँ, हाँ, उन्हीं का नाम तो सबसे पहले लिया गया था। अब राज्याभिषेक के लिए ही वे 'स्कोन' गए हुए हैं।

रौस : डंकन का मृत शरीर कहाँ दफनाया गया है ?

मैकडफ : वहीं 'कॉमेलिक' में, जो उनके पूर्वजों के समय से ही राज्य-परिवार का पवित्र शमशान है। वहीं उनकी अस्थियाँ सुरक्षित

रखी जाती हैं।

रौस : क्या तुम 'स्कोन' जाओगे ?

मैकडफ : नहीं भाई ? मैं तो 'फाइफ' जाऊँगा।

रौस : अच्छा, तो मैं 'स्कोन' जाता हूँ।

मैकडफ : मेरी ईश्वर से यही प्रार्थना है, सब काम अमन-चैन से वहाँ पूरा हो जाए जिससे मैकबेथ का राज्याभिषेक डंकन के राज्याभिषेक की तरह शान्तिपूर्ण ढंग से हो जाए। अच्छा, अलविदा !

रौस : अलविदा ! अलविदा, पिताजी ।

वृद्ध : परमात्मा सदा तुम्हारे ऊपर दयालु रहे, और उन सब पर भी उसकी कृपा रहे जो बुराई को भी भलाई के रूप में बदल लेते हैं, और अपने शत्रु को भी मित्र बनकर गले लगा लेते हैं।

(प्रस्थान)

तीसरा अंक

दृश्य 1

[फौरेस; राजमहल। बैंको का प्रवेश]

बैंको : (स्वगत) जो भी उन डायनों ने भविष्यवाणी की थी वह सब तुम्हें मिल गया, मैकबेथ ! काउडोर के थेन, ग्लेमिस के थेन, यहाँ तक कि सम्राट् भी अब तुम बन गए हो, पर मुझे सन्देह है कि यह सफलता पाने के लिए अवश्य तुमने कुछ विश्वासघात किया है। पर हाँ, आगे उन डायन बहिनों ने यह भी कहा था कि तुम्हारी सन्तान राज-सिंहासन पर नहीं बैठ पाएगी। मैं वह बाप हूँगा जिसके पुत्र आगे चलकर सम्राट् होंगे। मैं उनकी जड़ हूँगा। अगर वे डायनें सच्ची हैं और जैसे तुम्हारे जीवन में उनकी बातें सच्ची फली हैं, वैसे तुम्हारी कामनाओं को पूरा होता देखकर क्या मैं यह आशा न करूँ कि मेरे जीवन में भी वे बातें सच्ची फलेंगी ?

[तुरही बजती है। सम्राट् के रूप में मैकबेथ का और सम्राज्ञी के रूप मे लेडी मैकबेथ का प्रवेश। लैनोक्स, रौस, अन्य सरदार, भद्र महिलाएँ तथा कुछ सेवक साथ में]

मैकबेथ : ये हैं हमारे सम्माननीय अतिथि !

लेडी मैकबेथ : हाँ, ऐसे शुभ अवसर पर इन्हें भूल जाना तो बहुत ही अनुचित होगा। हमारी दावत में एक बहुत बड़ी कमी रह जाएगी।

मैकबेथ : बैंको ! आज रात को हमारे यहाँ शाही दावत है। हम उसमें तुम्हारी उपस्थिति के लिए प्रार्थना करते हैं।

बैंको : अवश्य, सम्राट् जो भी आज्ञा देंगे उसको पूरा करने के लिए

हमेशा मेरी सेवाएँ उपस्थित हैं। कभी भी इस जीवन में वह सेवाभाव कम नहीं हो सकता।

मैकबेथ : क्या आज शाम को तुम घुड़सवारी करने जाओगे ?

बैंको : हाँ, अवश्य, मेरे स्वामी !

मैकबेथ : अच्छा, खैर ! यदि तुम वहाँ नहीं जाते होते, तो हम तुमसे कुछ अच्छी सलाह लेते, जो हमारे विचार से आज की सभा के लिए बड़ी गम्भीर और कीमती सिद्ध होती। पर, खैर अब कल बातें करेंगे। क्या तुम घुड़सवारी करते हुए दूर तक निकल जाओगे ?

बैंको : हाँ, स्वामी ! दावत के निश्चित समय के पहले, जितनी भी दूर जा सका, उतना ही जाऊँगा। पर यदि मेरा घोड़ा तेज़ी से नहीं गया, तो हो सकता है रात के एक या दो घण्टे मुझे और लग जाएँ।

मैकबेथ : हाँ, लेकिन हमारी दावत में तुम्हें अवश्य शामिल होना है।

बैंको : किसी हालत में भी मैं दावत में अनुपस्थित नहीं रह सकता, स्वामी !

मैकबेथ : कुछ सुना है ? मेरे कानों तक यह खबर आई है कि हमारे भाई कहलाने वाले वे हत्यारे इंग्लैण्ड और आयरलैण्ड में जाकर बस गए हैं और वहाँ वे अजीब तरह की झूठी बातें लोगों के बीच फैला रहे हैं। मुझे दुख होता है कि अपने बाप की निर्दयतापूर्ण ढंग से की गई हत्या को उन्होंने आज तक स्वीकार नहीं किया है। खैर, कल हम बैठकर इस विषय में बातें करेंगे। उसी समय, राज्य की और-और समस्याओं पर, दोनों मिलकर सोचेंगे। तो अब जाओ। अपना घोड़ा लो और सवार होकर चल दो। बस, रात को जब तक वापस आओ तब तक के लिए विदा ! सुनो, क्या फ्लीन्स भी तुम्हारे साथ जाएगा ?

बैंको : हाँ स्वामी ! अच्छा, अब हमारे जाने का समय हो गया, आज्ञा दीजिए।

मैकबेथ : मेरी यही हार्दिक कामना है कि तुम्हारे घोड़े तेज़ी से बराबर भागते हुए तुम्हें ले जाएँ। इसीलिए मेरी अब यही आज्ञा है कि जाकर उनकी पीठ पर चढ़ जाओ।

[बैंको जाता है]

रात के सात बजे तक जिसके जो जी में आए वही करे। आने वाले अतिथियों का अत्यधिक मधुरता से स्वागत करने के लिए हम दावत के समय तक अकेले ही रहेंगे। तब तक ईश्वर तुम्हारी रक्षा करे !

[मैकबेथ तथा एक सेवक को छोड़कर सभी चले जाते हैं]

(सेवक से) सुनो, एक बात तुमसे कहनी है। क्या वे लोग अभी तक हमारी आज्ञा की प्रतीक्षा में खड़े हैं ?

सेवक : हाँ, स्वामी ! वे राजमहल के दरवाज़े के बाहर प्रतीक्षा कर रहे हैं।

मैकबेथ : उन्हें हमारे सामने लाकर उपस्थित करो।

[सेवक जाता है]

(स्वगत) जब तक सब तरह के भय से निश्चिन्त होकर मैं राज्य का सुख न भोग सकूँ, तो मेरे सम्राट् होने का क्या तात्पर्य है ? बैंको का डर मेरे हृदय में गहरी जड़ जमाए हुए है और फिर उसके राजसी स्वभाव में अवश्य कोई ऐसी बात है जिससे डर के मारे हृदय काँपने लगता है। कौन-सा काम है इस संसार में, जिसके करने का साहस उसमें न हो। इस साहस और निर्भीकता के साथ-साथ उसकी बुद्धि भी उतनी ही तीव्र है जो उसके साहस-भरे कार्यों को सही रास्ता दिखाती रहती है। उसके सिवाय मुझे इस पूरे संसार में कोई भी ऐसा नहीं दिखाई देता जिससे मेरा हृदय डर कर काँपे। जब वह सामने रहता है तो मेरे गौरव का प्रकाश कुछ इस तरह दब-सा जाता है जैसे कहते हैं 'सीज़र' के सामने 'मार्क ऐंटीनो' का दब जाता था। उसी समय जब इन डायनों ने मेरे सम्राट् होने की भविष्यवाणी की थी, उसने उन्हें धिक्कारा था और कहा था : 'ओ डायनो ! मुझसे भी कुछ कहो।' तब स्वयं देवदूतों की तरह ही उन सभी ने उसे सम्राटों का पिता कहकर पुकारा था। मेरे सिर पर जो यह राजमुकुट उन्होंने रखा है, मेरे बाद मेरी सन्तान उसे नहीं पहन पाएगी। मेरा कोई उत्तराधिकारी अपने हाथों में यह राजदण्ड न पकड़ सकेगा। दूसरे लोग मुझसे यह छीन लेंगे क्योंकि मेरा तो कोई पुत्र सम्राट् नहीं बन

सकता। यदि मेरे इस क्रूर भाग्य ने यही निश्चय क़िया है तो क्यों बैंको के पुत्रों के ऐश्वर्य के लिए ही मैंने यह सब पाप किया है ! क्या उन्हीं के लिए मैंने अपने हृदय की सारी शान्ति खोकर इसमें इतनी कटुता और हाहाकार भर लिया है ? ओह ! अगर मेरे बाद वे ही सम्राट् होंगे तो क्या उन्हीं के लिए मैंने अपनी इस आत्मा को शैतान के हाथों बेचा है ? नहीं, यह नहीं हो सकता। मैं मरते दम तक अपने इस क्रूर भाग्य से लड़ूँगा और ऐसा कभी नहीं होने दूँगा। क़भी नहीं होने दूँगा।

(चौंककर) कौन ?

[दो हत्यारों को लेकर सेवकों का पुनः प्रवेश]

(सेवक से) ठीक है, बस अब जाकर द्वार पर खड़े हो जाओ और जब तक हम न पुकारें तब तक वहाँ से नहीं हटना।

[सेवक जाता है]

हाँ, तो कल ही हमने बातें की थीं न ?

पहला हत्यारा : हाँ, महाराज !

मैकबेथ : तो फिर क्या सोचा तुमने हमारी बातों पर ? जानते हो वह वही बैंको है जिसने न जाने कब से तुम्हारे भाग्यों को कुचल रखा है और तुम समझते थे कि यह सब हम ही करते हैं, जब कि तुम लोगों के प्रति, सच कहते हैं, हम बिलकुल निर्दोष हैं। पहली बार बातें करते हुए ही, हमने सबूत देकर तुम्हें यह बता दिया था, कि तुम्हारे साथ कैसा धोखा हुआ है; किस तरह तुम्हारी मासूम तमन्नाओं को पैरों तले रौंदा गया है। जो कुछ भी चाल तुम्हें बरबाद करने के लिए खेली गई है और जिन्होंने भी खेली है, उससे पागलों की तरह फिरने वाला मूर्ख भी यह समझ सकता है, कि बैंको के सिवाय किसी और का यह काम नहीं है।

पहला हत्यारा : हाँ, महाराज ! आपने ये सभी बातें हमें साफ-साफ बताई थीं।

मैकबेथ : हाँ, हमने सब कुछ तुम लोगों को पूरी तरह बता दिया था। उस दिन तो हमने आगे तक तुम्हारी आँखों से पर्दा हटा दिया

था। आज की हमारी बातचीत का यही विषय होगा। अब बताओ, क्या अब भी तुम्हारा खून इतना ठण्डा है कि तुम बैंको से बिना कुछ बदला लिए, चुपचाप यह सब सहते हुए चले जाओ ? बोलो, क्या तुम उस ईसा के इतने कट्टर अनुयायी हो कि जिस आदमी ने अपने अत्याचारों से तुम्हें धूल में मिला दिया, और तुम्हारे मासूम बच्चों को दर-दर का भिखारी बना दिया, उसी के लिए और बच्चों के ऐश्वर्य और सुख के लिए, तुम ईश्वर से प्रार्थना करो ?

पहला हत्यारा : नहीं, आखिर हम भी तो मनुष्य हैं, महाराज !

मैकबेथ : नहीं, हम जानते हैं तुम कैसे मनुष्य हो। जैसे हाउण्ड, ग्रेहाउण्ड मौंग्रल, स्पनियल, कर, स्लॉ, वाटर ऐस, डेमी वुल्फ ये सभी कुत्ते ही होते हैं न, क्या तुम उसी तरह का एक मनुष्य नहीं हो ? इन कुत्तों के अलग-अलग गुण हैं इसलिए इनके अलग-अलग नाम हैं; जैसे कोई तेज़ दौड़ने वाला होता है, तो कोई सुस्त और समझदार, कोई शिकारी और कोई घर का वफादार होता है। अपने अलग-अलग गुणों के अनुसार ही तो प्रकृति ने उन्हें अलग-अलग जाति में रखा है। वही बात मनुष्य के साथ है। हमें बताओ, क्या इतनी बड़ी मनुष्य-जाति में तुम्हारा स्थान केवल अधम और नीचों में ही है ? बोलो ? जवाब दो हमें ! नहीं ?...तो सुनो, हम तुम्हारे हाथों में वह काम सौंप रहे हैं जिसको करने से तुम अपने उस शत्रु को इस ज़मीन की धूलि में मिला सकते हो, और फिर जानते हो ? हम तुम्हें अपना प्यारे से प्यारा दोस्त समझेंगे, क्योंकि यह समझ लो, जब तक यह बैंको जीवित रहेगा, तब तक ही हमारा भाग्य द्विविधा में है। जिस दिन वह इस संसार से उठ जाएगा, वही हमारे पूर्ण सुख के जीवन का पहला दिन होगा।

दूसरा हत्यारा : महाराज, मैं एक वह दुःखी आदमी हूँ जिसको इस नीच दुनिया के क्रूर थपेड़ों ने घायल कर डाला है। मेरा खून खौल रहा है, महाराज ! मैं इस दुनिया से, अपने ऊपर किए गए इन जुल्मों का बदला लेने के लिए कुछ भी कर सकता हूँ।

पहला हत्यारा : और मुझे भी इस दुनिया ने पल-पल पर ठोकर दी

है, महाराज ! अपने इस क्रूर भाग्य से और इस नीच दुनिया से लड़ते-लड़ते मैं इतना अधीर हो गया हूँ कि अब इसके विरुद्ध कुछ भी करने के लिए, अपनी ज़िन्दगी तक का दाँव लगा सकता हूँ। इससे चाहे मेरी ज़िन्दगी बने या मैं बरबाद हो जाऊँ, मुझे इसका कोई डर नहीं, महाराज !

मैकबेथ : ठीक है, अब तुम दोनों जानते हो न कि बैंको तुम्हारा दुश्मन है ?

दूसरा हत्यारा : हाँ, महाराज ! हम अच्छी तरह समझते हैं।

मैकबेथ : इसी तरह हमारी जान का भी वह कट्टर दुश्मन है। हम एक पल भी उसके पास रहते हैं, तो हमें अपने हृदय में बराबर खतरा बना रहता है। हाँ, यह ज़रूर है कि चाहें तो हम अपनी खुली ताकत से, उसे अपने रास्ते से अलग हटा सकते हैं और हमारे खिलाफ किसी को आवाज़ उठाने की भी हिम्मत नहीं है, पर फिर भी हम ऐसा करना नहीं चाहते, क्योंकि तुम जानते हो कि कुछ ऐसे लोग हमारे साथी हैं, जो उसके भी मित्र हैं। फिर अगर हम अपने हाथों से यह करेंगे तो वे सब हमारा साथ छोड़ देंगे। वह हम नहीं चाहते। और फिर अगर हम अपने हाथों से उसका खून करेंगे, तो हमें इसके ऊपर कुदरतन अफसोस भी होगा। इसीलिए हम यह काम तुम्हारे हाथों में सौंपते हुए, तुम्हारी मदद चाहते हैं, क्योंकि बहुत-से ऐसे खास कारण हैं जिनसे यह बात अभी आम जनता के कानों तक नहीं पहुँचनी चाहिए।

दूसरा हत्यारा : अवश्य महाराज ! जैसी भी आज्ञा आप देंगे, उसे हम पूरा करेंगे।

पहला हत्यारा : चाहे हमारी जान क्यों न चली जाए।

मैकबेथ : ठीक है, हम देख रहे हैं। तुम्हारा जोश तुम्हारी आँखों में होकर पूरी तरह चमक रहा है। अधिक से अधिक इसी एक घण्टे के अन्दर ही हम तुम्हें बताएँगे, कि तुम्हें कहाँ छिपना है, और वह कहाँ से आएगा, कहाँ जाएगा। इसके बारे में पूरी बात बताकर यह भी बताएंगे कि किस समय तुम्हें यह काम करना है। क्योंकि

यह समझ लो कि कल सूरज निकलने से पहले ही तुम्हें यह काम पूरा करना है। और सुनो, यह सब काम राजमहल से कुछ दूरी पर होना चाहिए, जिससे हमारे ऊपर इसका कुछ भी शक-शुबहा भी न जाए और हमारी आँखों से वह काँटा भी हमेशा के लिए दूर हो जाए। फिर हाँ, उसका पुत्र फ्लीन्स भी तो उसके साथ आएगा। काम बिलकुल पूरा तभी होगा—जब उसके साथ-साथ उसके पुत्र को भी तुम इस संसार से हमेशा के लिए विदा कर दो, क्योंकि वह भी हमारी आँख का दूसरा उतना ही बड़ा काँटा है।

दूसरा हत्यारा : जो आज्ञा, महाराज ! हम उसके लिए भी पूरी तरह तैयार हैं।

मैकबेथ : बस, थोड़ी ही देर में हम तुमसे मिलेंगे। कुछ ही क्षणों के बाद। उस समय तक अन्दर ही रहना।

[हत्यारे जाते हैं]

हो गया फैसला। ओ बैंको ! हो गया तुम्हारी ज़िन्दगी का फैसला। अगर तुझे इस दुनिया से एक दिन जाना है तो इसी रात को जाना होगा...इसी रात को। **(जाता है)**

दृश्य 2

[राजमहल का दूसरा कमरा]

[लेडी मैकबेथ का एक सेवक के साथ प्रवेश]

लेडी मैकबेथ : क्यों, क्या बैंकों राज-दरबार से चला गया ?

सेवक : जी हाँ, महारानी ! लेकिन वे तो आज-रात को ही वापस आ जाएँगे।

लेडी मैकबेथ : अच्छा, अभी जाकर सम्राट् से कह दो कि मैं कुछ समय उनसे बातें करना चाहती हूँ।

सेवक : जो आज्ञा, महारानी ! **(सेवक जाता है)**

लेडी मैकबेथ : कैसा है यह जीवन ? संसार का यह प्राणी वस्तु को प्राप्त करने की अभिलाषा में क्या-क्या करता है, और उसे प्राप्त करता

है। फिर भी उसे उससे किसी तरह सुख और शान्ति नहीं मिलती। तब क़्या वह पाना भी न पाने के बराबर ही नहीं है ? फिर क्यों मनुष्य जीवन की अच्छी-अच्छी बातों को ठुकरा देता है ? क्या मिलता है उसे ? दूसरों की हत्या करके इस तरह सदा दुःख और चिन्ता में घुलते रहने से तो स्वयं मर जाना अच्छा है। ओह !...

[मैकबेथ का प्रवेश]

कहिए, कैसे हैं, मेरे स्वामी ? क्यों आप अपने हृदय पर इन दुःख और चिन्ता के शूलों को लादे अलग-अलग ही रहते हैं ? जो मर चुके हैं उनके साथ ही उनके विचार, उनकी सारी चिन्ता, सब कुछ मर जाना चाहिए, मेरे स्वामी ! फिर क्यों आप उन्हीं विचारों में अभी तक डूबे हुए हैं ? जिस बात का कोई इलाज ही न हो; उस पर क्या कभी सोचना चाहिए ? छोड़ो, जो कुछ हो गया, वह हो गया, अब क्या वह किसी तरह सोचने-विचारने से बदल सकता है ?

मैकबेथ : नहीं, प्रिये ! अभी साँप मरा नहीं है, वह घायल होकर ही छूट गया है। मत भूलो, वह ठीक होकर फिर उतना ही ज़हरीला हो जाएगा। वही उसका ज़हरीला दाँत मुझे डरा रहा है, प्रिये ? उसे पूरी तरह मारने का हमारा सारा प्रयत्न असफल हो गया। ओह, इससे पहले कि अपने मुँह में कौर देते समय भी हमारे हाथ डर से काँपें, और रात में सोते समय डरावने सपने आकर हमारी नींद में हाहाकार मचाकर बेचैन करें, काश ! इस संसार में आग लग जाए, इसके टुकड़े-टुकड़े होकर चारों तरफ बिखर जाएँ। क्या है हमारा जीवन ? इस तरह हर समय चिन्ता में घुलने और बेचैन रहने से तो अच्छा है कि हम भी उन कब्रों में जाकर शान्ति से सो जाएँ, जहाँ औरों को हमने इस जीवन के हाहाकार से मुक्त करके भेज दिया है। क्या तुम देखती नहीं प्रिये ! डंकन अपने इस छोटे-से जीवन के दुःखदायी कोलाहल के बाद कितनी चैन की नींद उस कब्र में सोया हुआ है ? ओह ! मुझे बताओ, क्या लाभ हुआ इस षड्यन्त्र से ? क्या मिला हमें ? प्रिये, तुम्हीं बताओ जहाँ पर वह डंकन अब चैन की नींद सोया हुआ है, वहाँ क्या

कोई हथियार, या ज़हर, या कोई षड्यन्त्र, या बाहरी आक्रमण कुछ भी उसका बुरा कर सकता है ? फिर इससे भी बुरा और क्या होगा ? ओह...इससे भी बुरा क्या होगा ?

लेडी मैकबेथ : छोड़िए यह सब कुछ, मेरे स्वामी ! आइए, अपना यह उदास चेहरा धो डालिए। रात में दावत के समय आने वाले मेहमानों के सामने क्या प्रसन्नचित नहीं होइएगा ?

मैकबेथ : ठीक है, यही करूँगा, प्रिये ! तुम भी ऐसा ही करना। देखो, बातचीत और आवभगत में बैंको का विशेष ख्याल रखना। अभी हम पूरी तरह सुरक्षित नहीं हैं। सबसे मीठी-मीठी चापलूसी की-सी बातें करके, हमें कलंक के उन सभी दागों को मिटाना है, जो सम्राट् के नाम पर लगे हुए हैं। अपने चेहरों को अपने दिल का पर्दा बना लो और जो कुछ अन्दर छिपा हुआ है उसे अपने चेहरों के द्वारा दूसरों को मत देखने दो।

लेडी मैकबेथ : हाँ, हाँ, यह क्या हो गया है तुम्हें ? यह सब चिन्ता अपने मस्तिष्क से निकाल दो।

मैकबेथ : मैं क्या बताऊँ, प्रिये ! मेरे मस्तिष्क को कोई अन्दर ही अन्दर नोच रहा है। तुम नहीं जानतीं कि वह बैंको और उसका पुत्र फ्लीन्स मेरे रास्ते में कितने बड़े रोड़े बने अभी तक इस संसार में ज़िन्दा हैं।

लेडी मैकबेथ : लेकिन क्या हुआ इससे, वे भी तो आखिर इस संसार के ही प्राणी हैं ! किसी तरह अमर तो हैं नहीं। फिर ?

मैकबेथ : ओह, प्रिये ! कितना अच्छा विचार है तुम्हारा। मुझे इससे सन्तोष मिला है। ठीक है, वे भी इस संसार के ही प्राणी हैं। वे भी मर सकते हैं...।

तो फिर खुशियाँ मनाओ, प्रिये ! राजमहल में चमगादड़ के उड़ने से पहले ही और इससे पहले कि गोबरैला भन्न-भन्न करके सोते लोगों को यह कहकर जगाए, कि उठो, उठो, डायन हिकेट तुम्हें बुला रही है और उससे वे नींद में ही जम्हाइयाँ लेने लगें, एक डरावनी घटना घटेगी और वह भी काम पूरा हो जाएगा, प्रिये !

लेडी मैकबेथ : कौन-सा काम, स्वामी ?

मैकबेथ : मुझसे मत कहलाओ, प्रिये ! जो कुछ होने जा रहा है, उसे पहले हो जाने दो। उसके बाद मैं चाहता हूँ, तुम्हें उसका पता लगे, जिससे तुम मेरी बुद्धि की प्रशंसा तो कर सको। बस, अब तो आ, ओ काली रात ! आ, और दयनीय अवस्था में तड़पते इस दिन की आँखें बन्द कर ले। अपने काले, उस खून से सने हुए हाथों से, मेरी सारी चिन्ता और दुःख को मसलकर चूर कर दे। वह देखो दिन ढल रहा है, और अंधेरा अपनी काली छाया इस संसार पर डाल रहा है। इधर कौवे जंगल की ओर उड़ते हुए अपने-अपने घरों की ओर वापस जा रहे हैं। दिन-भर के थके-माँदे प्राणी सोने की तैयारी कर रहे हैं और उधर रात के शिकार पशु-पक्षी अपने भोजन की तलाश में निकल पड़े हैं। क्यों ? तुम मेरी बातों से इस तरह चौंक क्यों रही हो ? ठहरो, कुछ समय और थोड़ा धैर्य रखो। क्या जानतीं नहीं कि शैतान से पाई हुई कामयाबी, उसी तरह की शैतानी से ही मजबूत बनाई जा सकती है ? इसलिए आओ, मेरे साथ चलो।

[जाते हैं]

दृश्य 3

[राजमहल के पास एक उपवन, तीन हत्यारों का प्रवेश]

पहला हत्यारा : लेकिन हमारे साथ चलने की आज्ञा किसने दी तुम्हें ?

तीसरा हत्यारा : मैकबेथ ने।

दूसरा हत्यारा : हमें अब उस पर किसी तरह अविश्वास नहीं करना चाहिए। सच, वह उसी काम को करने के लिए हम से कह रहा है जिसमें हमारा भला है।

पहला हत्यारा : तो फिर तुम हमारे साथ रहो। देखो, पश्चिम दिशा में अब भी कुछ धुंधला-सा प्रकाश बाकी है। देर से आने वाले मुसाफिरों को अपनी सराय तक पहुँचने के लिए अब भी कुछ

समय है। सुनो, अब तो वह, जिसके ऊपर हमारी नज़रें लगी हुई हैं, नज़दीक आ ही रहा होगा।

तीसरा हत्यारा : वह सुनो, कुछ घोड़ों की टापें सुनाई दे रही हैं।

बैंको : (अन्दर से) अरे सुनो। इस अंधेरे में जाने के लिए हमें कुछ रोशनी दो।

दूसरा हत्यारा : ओ यह तो वही है। और जितने भी मेहमान दावत में आने वाले थे, पहले ही राजमहल में पहुँच चुके हैं।

पहला हत्यारा : उनके घोड़े तो बड़े रास्ते से निकलकर जाएंगे न ?

तीसरा हत्यारा : करीब एक मील दूर होगा यहाँ से वह रास्ता, लेकिन अक्सर तो और लोगों की तरह वह इधर से ही पैदल घूमता हुआ राजमहल तक जाया करता है।

[बैंको तथा फ्लीन्स एक मशाल लिए हुए आते हैं]

दूसरा हत्यारा : वह देखो, रोशनी।

तीसरा हत्यारा : हाँ, ठीक वही है यह तो।

पहला हत्यारा : तो फिर ठीक है, हम यहीं खड़े जो जाएँ।

बैंको : फ्लीन्स ! आज रात तो ऐसा लगता है पानी बरसेगा।

पहला हत्यारा : तो आने दे, तुझे क्या अब ?

[वे सभी बैंको पर झपटते हैं]

बैंको : ओ, षड्यन्त्र ! धोखा ! ! भाग जाओ, फ्लीन्स ! भाग जाओ ! फौरन भाग जाओ मेरे प्यारे फ्लीन्स ! ओ नमकहराम, ज़लील, कमीनो ! तुम मुझसे बदला लेना चाहते हो ? तो ले लो, गुलामो !

[बैंको मर जाता है और फ्लीन्स बचकर भाग जाता है]

तीसरा हत्यारा : अरे, यह मशाल किसने बुझा दी ?

पहला हत्यारा : क्यों ? क्यों ? क्या ऐसा करना ठीक नहीं था ?

तीसरा हत्यारा : अभी तो सिर्फ एक ही मारा गया है। वह लड़का तो बचकर निकल ही गया।

दूसरा हत्यारा : हाय ! हमारा आधा काम तो अभी पूरा हुआ ही नहीं।

पहला हत्यारा : अब क्या करें ? चलो, चलकर सम्राट् को बता दें कि अभी इतना ही काम पूरा हो सका है।

[प्रस्थान]

दृश्य 4

[राजमहल के बीच का भवन]

[दावत की तैयारियाँ; मैकबेथ, लेडी मैकबेथ, रौस, लैनोक्स सरदार तथा अन्य सेवकों का प्रवेश]

मैकबेथ : मेरे सम्मानित अतिथियो ! आप सब अपने पदों के अनुसार अपनी-अपनी जगह बैठ जाएँ। हम आप सभी का हृदय से स्वागत करते हैं।

सरदार : सम्राट् को इसके लिए हमारी ओर से बहुत धन्यवाद है।

मैकबेथ : हम चाहते हैं कि हम आपके बीच में ही रहकर आपका सत्कार करें। आपकी मेहमाननवाज़ अभी अपनी जगह बैठी हुई हैं। इस खुशी के समय उनसे भी कहेंगे कि वे उठकर आपका स्वागत करें।

लेडी मैकबेथ : अपने सभी साथियों से कह दीजिए कि मैं उन सबका हृदय से स्वागत करती हूँ।

[पहला हत्यारा दरवाज़े पर आता है]

मैकबेथ : वह देखो, प्रिये ! वे सभी तुम्हारे इस स्वागत के लिए तुम्हें हृदय से धन्यवाद दे रहे हैं। दोनों तरफ ही बराबर का प्रेम-भाव है। अब हम अपने सभी साथियों के बीच बैंठेगे। खूब खुलकर खुशी मनाओ। लो, हम अपने सभी अतिथियों की खुशहाली के लिए यह शराब का प्याला पीते हैं।

[दरवाज़े पर पहुँचकर]

(चौंकते हुए) यह क्या ? तुम्हारे चेहरे पर तो खून लगा हुआ है !

हत्यारा : खून ? हाँ तो, उसी बैंको का खून है, यह महाराज !

मैकबेथ : ओह ! अच्छा ही हुआ कि यह खून उसकी नाड़ियों में न बहकर तुम्हारे चेहरे पर मुझे दीख रहा है। तो, वह संसार से चल बसा ?

हत्यारा : हाँ, मेरे स्वामी ! मैंने अपने हाथों से उसका गला फाड़ा है।

मैकबेथ : शाबाश ! गला काटने वालों में तुमसे बढ़ कर और कौन हो सकता है ! पर हाँ, वह भी अच्छा होगा जिसके हाथ के नीचे फ्लीन्स का गला आया होगा। अगर तुमने ही उसका भी काम तमाम किया है तो शाबाश ! तुम्हारे बराबर हम किसी को नहीं मानते।

हत्यारा : पर क्या बताऊँ, महाराज ! फ्लीन्स तो बचकर भाग गया।

मैकबेथ : **(स्वगत)** ओह ! बच गया ! तब फिर भी मेरी चिन्ता और भय का कारण अभी इस दुनिया में बचा रह गया। काश ! अगर वह बैंको उस फ्लीन्स को भी अपने साथ ले जाता तो मेरा सुख संगमरमर की तरह सुन्दर हो जाता। मैं एक चट्टान की तरह अमिट होता और जिस आज़ादी के साथ हवा चारों तरफ बहती है, उसी आज़ादी के साथ बिना किसी खतरे के इस संसार में विचरण करता ! पर ओह ! अब क्या हूँ मैं ? एक तंग रास्ते में भिंच जाने वाला दयनीय प्राणी, जिसका हृदय भय और शंका से हर पल बेचैन है !!

(हत्यारे से) लेकिन, बैंको तो पूरी तरह इस दुनिया से उठ गया न ?

हत्यारा : बीस गहरे-गहरे घावों का ताज पहनकर वह शान्ति से एक खाई में सोया हुआ है, महाराज ! उनमें छोटे से छोटा घाव भी उसकी मौत के लिए खड़ा है।

मैकबेथ : बहुत अच्छा, हम इसके लिए तुम्हें धन्यवाद देते हैं। **(स्वगत)** वह बूढ़ा साँप तो उस खाई में हमेशा के लिए आँखें मींचे पड़ा हुआ है और छोटा साँप चंगुल से निकलकर भाग गया है। उसके चाहे अभी से दाँत भी नहीं उगे हैं पर आखिर साँप है, थोड़े दिन में वह भी ज़हर उगलने लगेगा।

(हत्यारे से) अच्छा, अब तुम जा सकते हो। कल हम फिर मिलेंगे।

[हत्यारा चला जाता है]

लेडी मैकबेथ : क्या बात है, मेरे स्वामी ? दावत की इस खुशी में तुम क्यों हिस्सा नहीं ले रहे हो ? मालूम है ? वह दावत कामयाब नहीं कही जाती जिसके बीच-बीच में मेहमाननवाज़ उठकर अपने

मेहमानों की आवभगत नहीं करता। सभी जो यहाँ आए हैं, क्या वे अपने-अपने घरों में अच्छी तरह से खाना नहीं खा सकते ? कहीं दावत में खाना खाने की यही विशेषता है न कि सबके मिलने में एक जलसा होता है और सब एक-दूसरे के साथ हँसते-बोलते हैं ? इसके बिना क्या मतलब है दावत में मिलने का ?

मैकबेथ : हाँ, ठीक कहती हो, प्रिये ! तुमने तो मुझे मेरे कर्तव्य की याद दिला दी। ईश्वर करे हम दोनों का स्वास्थ्य अच्छा रहे, खाना अच्छी तरह पचकर हमें खूब भूख लगे और किसी तरह की व्याधि हमारे शरीर में न रहे !

लैनोक्स : क्या मैं सम्राट् से भी अपने साथ बैठने के लिए प्रार्थना कर सकता हूँ ?

[बैंको की प्रेतात्मा प्रवेश करती है और आकर मैकबेथ के स्थान पर बैठ जाती है]

मैकबेथ : काश ! हमारे बीच में हमारे राज्य का वह गौरव, वह सुयोग्य और श्रेष्ठ बैंको उपस्थित होता तो कितना अच्छा होता ! अब जब भी वह मुझे मिलेगा, मैं बिना उसकी कुछ सुने और बिना उसकी प्रार्थनाओं पर रहम खाए, उसकी इस बेरुखी के लिए खूब उलाहना दूँगा।

रौस : ठीक है, महाराज ! उन्होंने तो आने का वायदा किया था फिर भी वे नहीं आए। इससे तो उनके चरित्र पर एक धब्बा लग गया। पर क्या सम्राट् हमारे साथ बैठकर हमें कृतज्ञ करेंगे ?

मैकबेथ : अवश्य ! लेकिन वहाँ कोई बैठने की जगह तो है ही नहीं।

लैनोक्स : नहीं, नहीं, स्वामी ! यहाँ यह जगह आपके लिए ही खाली छोड़ी गई है।

मैकंबेथ : कहाँ ?

लैनोक्स : यहीं, महाराज !

क्यों ? क्या है जिसे देखकर आप इतना घबरा रहे हैं ?

मैकबेथ : बताओ, किसने किया है तुम लोगों में से यह ?

कुछ सरदार : क्या किया है, महाराज ?

मैकबेथ : कोई भी नहीं बोलता, कोई भी नहीं कहता कि यह मैंने किया है।...ओ चला जा, अपने इन खून से भीगे बालों को मेरी तरफ न हिला।

रौस : भाइयो ! आप लोग उठ जाएँ। सम्राट् की तबीयत ठीक नहीं मालूम होती।

लेडी मैकबेथ : मेरे सम्मानित अतिथियो ! मेरे अच्छे साथियो ! मैं आपसे प्रार्थना करती हूँ कि आप लोग अपनी-अपनी जगह बैठे रहें। मेरे पति को तो उनकी युवावस्था से ही ऐसी बीमारी है। आप सभी बैठ जाएँ। थोड़ी ही देर में वे अच्छे हुए जाते हैं। अगर आप लोग इस तरह घबराए हुए-से उनकी तरफ देखेंगे तो वे और भी उत्तेजित हो जाएँगे और इससे उनकी हालत इससे भी ज्यादा बिगड़ जाएगी। आप लोग अपना खाना खाते रहिए और उनकी चिन्ता छोड़ दीजिए। **(मैकबेथ से)** तुम कोई आदमी हो ?

मैकबेथ : क्यों नहीं ! आदमी ही नहीं, एक बहादुर आदमी हूँ जिसके सीने में उस खतरे से टकराने का दम है, जिससे शैतान खुद डरकर भाग जाए।

लेडी मैकबेथ : सब तुम्हारी थोथी बातें हैं। यह सब तुम्हारा डर है जिसने तुम्हारी यह हालत बनाई है। तुम्हारी ये बढ़ी-चढ़ी बातें ठीक उसी हवाई कटार की तरह हैं जिसके बारे में तुम कह रहे थे कि वह तुम्हें डंकन के पास तक ले गई थी। कुछ नहीं, तुम्हारा यह जोश, यह उबाल सब तुम्हारे डरपोकपन का दिखावा है; जो ठीक वैसा ही है जैसे जाड़े की उस शाम को वह औरत अपनी दादी के नाम का बहाना करके वह किस्सा सुना रही थी। यह सब डूब मरने की बात है। शरम नहीं आती तुम्हें ? उस स्टूल को देख-देखकर तुम इस तरह डरकर काँप क्यों रहे हो ?

मैकबेथ : वह देखो ! देखो ! वह रहा, क्या है यह ? अब बताओ क्या कहोगी तुम इसे ?

(प्रेतात्मा की ओर देखकर) मैं तेरी क्या परवाह करता हूँ। इस तरह अपना सिर क्यों हिला रहा है ? बोलता क्यों नहीं ? बोल। ओह !

अगर कब्रों में सोए मुर्दे भी फिर इस तरह उठ कर आने लगे, तो फिर मरने के बाद हमारी लाशों को सिर्फ चील और कौवे ही खाएँगे।

[प्रेतात्मा चली जाती है]

लेडी मैकबेथ : क्या हो गया है तुम्हें यह ? यह क्या पागलपन तुम्हारे ऊपर चढ़ गया है, जिससे तुम यह तक भूल गए हो कि आखिर तो तुम एक मनुष्य हो।

मैकबेथ : मैंने उसे देखा था। वह आया था। अगर यह सच है कि मैं ज़मीन पर खड़ा हुआ हूँ तो यह भी सच है कि मैंने अपनी आँखों से उसे देखा था।

लेडी मैकबेथ : धिक्कार है तुम्हारे पुरुष होने पर।

मैकबेथ : आदमी के कानून बनाने से पहले भी पुराने समय में कितनी ही हत्याएँ हुई हैं और उसके बाद भी न जाने कितनी ऐसी डरावनी हत्याएँ हुई हैं जिन्हें कान सुनकर बर्दाश्त नहीं कर सकते। पर उस समय में जब मनुष्य के सिर पर कोई एक चोट ही पड़ती थी, तो उससे ही चक्कर खाकर उसकी मृत्यु हो जाती थी। पर अब यह क्या आश्चर्य है ? बीस-बीस ज़हरीले घाव सिर पर लेकर भी वे एक बार मरे लोग अपनी कब्रों से उठ रहे हैं और आ-आकर हमें अपनी बैठने की जगह से धकेल रहे हैं। हत्या से कहीं अधिक अचम्भे की बात तो यह है !

लेडी मैकबेथ : मेरे स्वामी ! देखो तो तुम्हारे सभी मित्र तुम्हारे बिना बेचैन हैं।

मैकबेथ : अरे, मैं कहाँ खो गया था। मेरे साथियो ! हमारी इस हालत पर आप लोग कोई आश्चर्य न करें। यह एक अजीब-सी बीमारी हमारे साथ लगी हुई है, जो हमारे परिचित साथियों को अब महसूस भी नहीं होती। हम आप सभी के प्रेम और स्वास्थ्य के लिए ईश्वर से कामना करते हैं। लाओ, हम यहाँ बैठ जाते हैं, हमें शराब दो, ऊपर तक प्याला भर देना। हम अपने सभी मित्रों और अतिथियों के सुख की कामना करते हुए यह पीते हैं, और हमारे प्यारे मित्र बैंको के सुख के लिए भी, जिसकी कमी हमें बहुत खटकती रही।

काश ! क्या अच्छा होता अगर वह भी यहाँ होता तो। अब हम उसके तथा यहाँ उपस्थित हमारे सभी मित्रों के सुख और स्वास्थ्य के लिए यह प्याला पीते हैं। सभी के लिए हमारी शुभकामनाएँ हैं।

कुछ सरदार : हम सभी सम्राट् के प्रति अपने कर्तव्यों का पालन करेंगे।

[प्रेतात्मा का पुनः प्रवेश]

मैकबेथ : चला जा ! हट जा मेरी आँखों के सामने से ! ओ ज़मीन, तू फटकर इसे अपने नीचे छिपा ले ! तू ? कहाँ है तेरी हड्डियों में जान अब ? तेरा खून तो ठण्डा पड़ चुका है और जिन आँखों से तू मुझे घूर रहा है वे हमेशा के लिए बन्द हो चुकी हैं।

लेडी मैकबेथ : हमारे श्रेष्ठ सरदारो ! इसे और कुछ भी न समझो; यह सब इनकी बीमारी का दौरा है। बस दुःख इसी बात का हो रहा है कि इससे दावत की सारी रंगत फीकी पड़ रही है।

मैकबेथ : एक मनुष्य में जो कुछ भी करने की हिम्मत है वह मुझमें है। हटा ले इस शक्ल को मेरी आँखों के सामने से, फिर चाहे रूसी भालू की तरह खूँख्वार बनकर आ और मुझसे टकरा। चाहे नुकीले सींग वाले गैंडे या चीते का रूप धर ले ! या कोई भी डरावनी से डरावनी शक्ल बनाकर आ और मुझसे टकरा। मेरी मज़बूत नसें डर से नहीं काँपेंगी। चाहे फिर से ज़िन्दा होकर आ, हम आपस में तलवार लेकर एक जगह फैसला कर लेंगे। अगर उस समय डर से मेरा एक रोयां भी काँप जाए, तो मुझे एक छोटी बच्ची समझना। पर अपनी इस शक्ल को मेरी आँखों के सामने से हटा ले। दूर हो जा ओ, डरावनी काली छाया ! चला जा मेरे सामने से। कौन है तू ? क्या मेरे दिमाग का वहम है ? पर दूर हो जा ! जा !

[प्रेतात्मा चली जाती है]

हैं ! चला गया वह तो। ओ ! मैं फिर वही मनुष्य हूँ। हमारे साथियो ! हम आप सबसे प्रार्थना करते हैं कि आप लोग अपनी-अपनी जगह शान्ति से बैठ जाइए।

लेडी मैकबेथ : तुमने इस समय की सारी खुशी पर पानी डाल दिया है और इस तरह अपने पागलपन की हालत दिखाकर दावत के

समय की आपस की हँसी-खुशी में बाधा पहुँचाई है।

मैकबेथ : हम पूछते हैं कि क्या ऐसी चीज़ें भी दुनिया में हैं, जो गरमी की ऋतु में बादलों की तरह अचानक हमें आकर घेर लें और हमें एक गहरे आश्चर्य में डाल दें ? अपनी साधारण हालत की तुलना में आज हम आप लोगों को कुछ अजनबी-से लग रहे हैं, पर क्या हम यह समझ लें कि ऐसी शक्लें देखकर आपके गालों की यह लाली वैसी ही बनी रहेगी जबकि डर के मारे हमारा चेहरा पीला पड़ गया है ?

रौस : कैसी शक्लें, महाराज ?

लेडी मैकबेथ : मेरी आपसे प्रार्थना है कि इनसे और अधिक बातें न कीजिए। इनकी हालत तो अब बहुत ही बिगड़ती जा रही है। आप लोग ज्यादा कुछ पूछताछ करेंगे तो वे और भी उत्तेजित हो जाएँगे। अच्छा, अब आप सब लोगों की विदाई है। अलविदा ! बस कृपा करके आप लोग शीघ्र ही यहाँ से चले जाएँ और सम्राट् की किसी तरह की आज्ञा की प्रतीक्षा में न खड़े रहें।

लैनोक्स : अच्छा, अलविदा ! हमारी ईश्वर से यही प्रार्थना है कि वह सम्राट् को स्वास्थ्य प्रदान करे !

लेडी मैकबेथ : आप सबको मेरी ओर से अलविदा !

[**मैकबेथ तथा लेडी मैकबेथ को छोड़कर सब चले जाते हैं**]

मैकबेथ : वह मुझसे बदला लेगा। कहने वाले ठीक ही कहते हैं कि खून, खून का बदला खून से ही लेता है। वह देखो मुझे लग रहा है कि वे पत्थर अपने अन्दर दफनाए मुर्दों के शरीर को टटोल रहे हैं और पेड़ पुकार-पुकार कर कह रहे हैं कि ये हत्यारे ! कितना भी छिपाकर यह खून रखा गया, पर क्या पशु और क्या पक्षी, सभी हत्यारों का नाम पुकार-पुकार कर बता रहे हैं ! क्या बजा होगा रात के इस समय ?

लेडी मैकबेथ : अब रात कहाँ है ! पौ फट रही है।

मैकबेथ : तुमने कुछ देखा, प्रिये ! मैकडफ हमारी दावत में शामिल होने नहीं आया ? क्या सोचती हो तुम इसके बारे में ?

लेडी मैकबेथ : क्या तुमने उसको फिर बुलाया ?

मैकबेथ : मेरे कानों में अभी तो यह उड़ती हुई-सी बात ही आई है। लेकिन बुलवाऊँगा मैं उसे। कहता हूँ प्रिये ! ऐसा कोई भी सरदार नहीं बचेगा जिसके घर में मैं एक अपना जासूस न छोड़ दूँ। कल प्रातःकाल से भी पहले उठकर मैं उन्हीं डायनों के पास जाऊँगा। वे मुझे और कुछ बताएँगी। अब मैं कितना भी नीचा गिरकर, कितना भी पाप करके, यह जानने का निश्चय कर चुका हूँ कि मेरे लिए बुरी से बुरी बात क्या हो सकती है ! अब मेरे स्वार्थ के मार्ग में जो भी रोड़े हैं, जो भी शूल हैं, दूर होने ही चाहिए; क्योंकि इस खून के दरिया में कूदकर मैं इतना आगे बढ़ आया हूँ कि अगर अब मुड़कर वापस जाना भी चाहूँ तो भी पीछे लौटना उतना ही मुश्किल है, जितना आगे बढ़ना। अजीब तरह के इरादे मेरे दिमाग में बस रहे हैं, मैं चाहता हूँ, उस पर गहराई से सोचने के पहले उनको पूरा किया जाना चाहिए।

लेडी मैकबेथ : मुझे लगता है, आप रात में पूरी नींद सो नहीं पाए, इसीलिए आपकी यह हालत हो गई है। चलिए, चलकर सो जाइए अब।

मैकबेथ : हाँ, आओ, चलकर सो जाएँ। मेरा यह अजीब तरह का डर, उस अनाड़ी के डर की तरह है जो इस तरह के कामों का पूरी तरह आदी न हुआ हो। इस तरह के काले और ख़ूँख्वार कामों में अभी हम बच्चों की तरह ही हैं, प्रिये !

[जाते हैं]

दृश्य 5

[बादलों की गड़गड़ाहट; बिजली। तीनों डायनें हिकेट से मिलने आती हैं]

पहली डायन : क्यों ? क्या बात है, हिकेट ? तुम गुस्से में क्यों दिखाई दे रही हो ?

हिकेट : क्या अब भी गुस्सा नहीं होना चाहिए ! तुम अपने-आपको कुछ समझने लगी हो ? इस तरह का तुम्हारा ढीठपन देखकर भी क्या मुझे चुप रहना चाहिए ? बताओ मुझे, तुमने मेरे बिना ही अपनी उल्टी-सीधी बातों में यह मौत का सारा सौदा मैकबेथ से कैसे कर लिया, जबकि आदमी पर बड़ी से बड़ी आफत लाने में मैं तुम सबसे चतुर हूँ। मैंने ही तुम्हें यह सब कुछ जादू सिखाया और मुझे ही तुमने नहीं बुलाया ! बताओ क्यों ? कम से कम मेरी कला तो देखतीं कि क्या-क्या चालें मैं चलती ! मुझे अपना प्रताप दिखाने का तुमने मौका ही नहीं छोड़ा ! और इससे भी बुरी बात यह है कि तुमने यह सब कुछ उस मनचले लड़के के लिए किया है, जिसके दिल में कपट और क्रोध भरा हुआ है और जो सिर्फ अपना स्वार्थ पूरा करने की ही बात सोचता है, तुम्हारी नहीं। सुधार लो अपनी यह गलती अब भी। जाओ, और कल अलस्सवेरे ही 'एकरन' के गड्ढे के पास मुझे मिलना। वहीं वह अपनी तकदीर जानने आएगा। अपना जादू-टोना, मन्त्र आदि सब कुछ ज़रूरत पड़ने वाली चीज़ें तैयार रखना। मैं अब उसी हवा में चली। यह रात मैं अपने किसी खतरनाक इरादे की फिराक में बिताऊँगी। दोपहर होने से पहले ही एक बिजली-सी फटेगी। चाँद के एक कोने पर एक बूँद लटकी हुई है, उसमें बड़ा रहस्य भरा हुआ है। मैं चाहती हूँ कि किसी तरह ज़मीन पर उसके गिरने से पहले मैं उसे पा जाऊँ। जानती हो ? हमारी माया से उस बूँद में से हम ऐसे भूत-पिशाच पैदा कर देंगे कि मैकबेथ उनके धोखे में आकर पूरी तरह चकरा जाएगा। उन्हें देखकर वह अपनी तकदीर कोसने लगेगा और मौत से नफरत करेगा; यहाँ तक कि जहाँ तक उसकी समझ भी नहीं पहुँच सकती और न अपने को उसके लिए स्वाभाविक रूप से वह समर्थ समझेगा, वहाँ तक भी वह अपने इरादे बनाएगा। एक बार तो उसके हृदय में जितना भी डर है उसकी सीमा भी पार करके, वह अपनी महत्त्वाकांक्षाएँ बनाने लगेगा। फिर तुम यह अच्छी तरह जानती ही हो, धोखे में किया गया विश्वास, आदमी का सबसे बड़ा दुश्मन होता है।

[अन्दर संगीत की ध्वनि; एक गीत]

आओ चलें दूर।

आओ चलें दूर।।...

वह सुनो, मुझे बुलाया जा रहा है। मेरी वह छोटी-सी डायन उस बादल में बैठी मेरी बाट जोह रही है।

[जाती है]

पहली डायन : आओ, चलो जल्दी करें। हिकेट तो जल्दी ही वापस आ जाएँगी। **(जाती है)**

दृश्य 6

[फौरेस। राजमहल]

[लैनोक्स तथा एक दूसरे सरदार का प्रवेश]

लैनोक्स : मेरी पहली बातों का तुम्हारे ऊपर कुछ असर हुआ है न ? यों कहो, अगर हम उन बातों पर और गहराई से सोचें तो न जाने क्या-क्या भेद खुल सकते हैं। मैं सिर्फ इतना ही अब कहता हूँ कि सारे षड्यन्त्र की किसी अज़ीब तरह से व्यवस्था की गई है। महान डंकन की मौत पर मैकबेथ ने आँसू बहाये थे न ? अच्छा, वह तो किसी और ने मार दिया; पर बहादुर बैंको ? वह जंगल में देर तक घूमता रह गया था, जिसके लिए तुम चाहो तो कह सकते हो न कि फ्लीन्स ने उसे मार डाला ? इसीलिए कि फ्लीन्स भाग क्यों गया ? अब आगे, सबको इससे सतर्क रहना चाहिए कि वे अधिक देर तक जंगल में बाहर अकेले घूमते न रहें। और इससे भी आगे, मैलकॉम और डोनलबेन ने अपने ही बाप का खून कर डाला ! सब यही सोचेंगे कि कैसा नीच, शैतानों का-सा काम है। कोई कल्पना तक नहीं कर सकता। और तुमने देखा नहीं, मैकबेथ को बहुत दुःख हुआ था इस पर। इसीलिए तो अपनी स्वामिभक्ति के आवेश में आकर, उसने उन शराब के नशे में चूर हुए दोनों हत्यारों को इस दुनिया में ज़िन्दा नहीं रहने दिया। खुद

अपनी तलवार से ही उन्हें मार डाला। क्या ठीक काम नहीं किया उसने ? ठीक, यही तो बुद्धिमानी का काम था। क्योंकि, तुम ही सोचो, जब वे पहरेदार यह कहकर चिल्लाते कि हमने सम्राट् का खून नहीं किया है, तो फिर कौन ऐसा है इस ज़मीन पर, जिसका खून उबाल नहीं खाता ? इसी से मैं कहता हूँ कि मैकबेथ बहुत समझदार है, उसने जो कुछ भी किया है, वह सब ठीक किया है। मैं तो यहाँ तक भी सोचता हूँ कि भगवान् न करे, डंकन के वे दोनों पुत्र उसके कहीं हाथ आ जाएँ, तो फिर वह उनको भी वही मजा चखाए कि वे भी जान जाएँ कि बाप के खून से हाथ धोना क्या होता है और इसी तरह फ्लीन्स भी। लेकिन, हाँ, छोड़ो इन सब बातों को। सुनने में आया है कि मैकडफ ने कुछ साफ-साफ उस मैकबेथ को सुना दिया था और उसकी दावत में भी वह शामिल नहीं हुआ था, इसीलिए उसकी तरफ से चाँडाल की भौंहें कुछ खिंच गई हैं। साथी, क्या तुम मुझे यह बता सकते हो कि इस समय मैकडफ कहाँ होगा ?

सरदार : सम्राट् का एक पुत्र मैलकॉम तो, जिससे इस चाँडाल दुष्ट ने उसका जन्माधिकार छीन लिया है, अब इंग्लैण्ड के सम्राट् एडवर्ड की शरण में जा कर रह रहा है। देवताओं के-से गुण वाले उस सम्राट् ने, इस सहृदयता के साथ उसका अपने यहाँ स्वागत किया है कि चाहे राजकुमार दुर्भाग्य का मारा हो, पर उसके यहाँ उसके सम्मान में कोई अन्तर नहीं आया है। मैकडफ उसी पवित्र हृदय वाले सम्राट् से यह प्रार्थना करने गया है कि वह मैलकॉम की सहायता के लिए नॉर्थम्बरलैण्ड के अर्ल तथा वीर सिवार्ड को भेज दे, ताकि उन सब की सहायता से, और फिर सबसे बड़ी न्याय की दृष्टि रखने वाले उस परमात्मा की कृपा से, हम फिर अपने घरों में बैठ कर चैन से खाना खा सकें, और रात में बिना किसी खतरे के निश्चिन्त सो सकें। हमें वहाँ इसका डर न रहे कि कोई अपनी रोटियों में ज़हर मिला रहा है, या दावतों के मौकों पर हमारे पेट में न जाने कब कोई कटार भोंक देगा।

वह इसीलिए गया है कि राजकुमार मैलकॉम, जो हमारे सच्चे सम्राट् हैं, उन्हें यहाँ लाकर किसी तरह राजगद्दी पर बैठा सके, जिससे हम अपने सम्राट् का पवित्र सम्मान प्राप्त कर सकें। जानते हो ? इसी खबर से मैकबेथ का खून उतार-चढ़ाव खा रहा है और अब लड़ाई की पूरी तैयारी में वह लग गया है।

लैनोक्स : पर यह तो बताओ, क्या उसने मैकडफ को बुलवाया था ?

सरदार : हाँ, बुलवाया था, और जानते हो, मैकडफ ने दूत से क्या कह दिया ? साफ फटकारकर कह दिया कि मैं नहीं आऊँगा। इस पर उस दूत का चेहरा एक बार तो गुस्से में तमतमा गया और दूसरे ही क्षण उसने पीठ मोड़कर चलते समय इतना ही कहा : 'तुम जैसा उत्तर देकर मुझे सम्राट् के पास भेज रहे हो उसके लिए बाद में तुम्हें पछताना पड़ेगा, मैकडफ।'

लैनोक्स : तो इस हालत में उसे मैकबेथ से और भी दूर रहना चाहिए। इसी में उसकी बुद्धिमानी है।

पर काश ! कितना अच्छा हो कि अब तो मैकडफ से ही पहले कोई देवदूत हवा में तेज़ी से उड़कर इंग्लैण्ड के सम्राट् के दरबार में पहुँच जाए, और उससे भी पहले हमारा यह सारा दुःख उसे जा सुनाए, तो हमारा यह दुःखी देश जो इस चाँडाल सम्राट् बने हुए मैकबेथ के पैरों के नीचे कुचला हुआ त्राहि-त्राहि कर रहा है, ईश्वर की असीम कृपा के लिए कितना आभारी होगा !

सरदार : मैं अपनी भी प्रार्थनाएँ उसी के साथ इंग्लैण्ड के सम्राट् के पास भेजूँगा।

(जाते हैं)

चौथा अंक

दृश्य 1

[एक गुफा। बीच में एक उबलता हुआ बर्तन। कड़क के साथ बादलों का गर्जन। तीनों डायनों का प्रवेश]

पहली डायन : तुमने सुना ? तीन बार उस चितकबरी बिल्ली ने म्याऊँ-म्याऊँ की है।

दूसरी डायन : हाँ, हाँ, झाड़ी का सूअर भी चार बार चिल्ला चुका है।

तीसरी डायन : हारपियर[1] भी बराबर यही चिल्ला रही है कि–'यही समय है ! यही समय है !'

पहली डायन : चलो, इस देग के पास चलें और जानवरों की इन ज़हरीली आँतों को इसमें डाल दें। सबसे पहले तो हमें अपनी इस जादू की देग में उस मेंढक को उबालना चाहिए जो पूरे 31 दिन तक किसी ठंडे पत्थर के नीचे छिपा हुआ ज़हर छोड़ता रहा हो और सिर्फ सोते समय ही पकड़ा गया हो।

सभी : ठीक है ! ओ आग, जलो ! ओ जादू की देग, उबलो ! बस अब हम मैकबेथ को दूनी मेहनत से परेशान करेंगे।

दूसरी डायन : इस देग में उबलने के लिए दलदल से पकड़े गए साँप को भी काटकर डाल दो। उसके अलावा गोह की आँखें, मेंढक का अगूँठा, चमगादड़ के बाल, कुत्ते की जीभ, साँप की काँटेदार जीभ,

---

1. Harpier (हारपियर) –एक औरत का चेहरा और शरीर तथा किसी पक्षी के-से पंख और पंजे रखने वाला एक प्राणी। जैसे पहले प्रथम दृश्य में ही पैडोक और ग्रेमल्किन आते हैं उसी तरह यह भी डायनों की जादू की एक शक्ति है।

अन्धे कीड़े का डंक, छिपकली का ओंठ और उल्लू का पंख लो और इन सबको नरक में उबलते कढ़ाव जैसी इस जादू की देग में उबलने के लिए डाल दो और फिर देखो, कितना बड़े से बड़ा तूफ़ान, बड़ी से बड़ी आफत खड़ी की जा सकती है।

सभी : ठीक है ! ओ आग, जलो ! ओ जादू की देग, जल्दी उबलो। बस अब हम मैकबेथ को दूनी मेहनत से परेशान करेंगे।

तीसरी डायन : अभी इस रस को गाढ़ा बनाने के लिए देग में ये चीज़ें और डालनी चाहिए जैसे अजगर की केंचुली, भेड़िए का दाँत, मरी जादूगरनी का सूखा शरीर, काले रंग के समुद्री कीड़े का पेट और गला, अंधेरे में खोदे गए—ज़हरीले पौधे की जड़, ईसा की बुराई करने वाले पाखण्डी यहूदी का जिगर, बकरी का पित्त, हमेशा हरे रहने वाले पेड़ की केवल चन्द्रग्रहण के समय कटी हुई डालियाँ, किसी तुर्क की नाक, तातार का ओंठ, किसी कुलटा के उस बच्चे की उंगलियाँ जिसको पाप से उसने खाई के किनारे जन्मा हो और वहीं गला घोंटकर मार डाला हो। इसके अलावा किसी चीते की अन्तड़ियाँ इस सब में और मिला दो।

सभी : ठीक है, ओ आग ! जलो, और हे जादू की देग ! जल्दी से उबलो ! अब तो हम मैकबेथ को दूनी मेहनत से तंग करेंगे।

दूसरी डायन : इतना सब करके इस उबलते रस को किसी लंगूर के खून से ठण्डा कर लो, बस, हो गया अपना जादू पक्का और अच्छा।

[हिकेट का तीनों डायनों के पास प्रवेश]

हिकेट : शाबाश ! बहुत अच्छा, जो मेहनत तुम लोगों ने इस रस को तैयार करने में की है उसकी मैं तारीफ करती हूँ। अब सुनो, इस जादू के रस से जो कुछ भी फायदा होगा उसमें हर एक का हिस्सा रहेगा। अब सब मिलकर चूल्हे पर चढ़ी इस जादू की देग के चारों ओर घेरा बनाकर परियों की तरह नाचो और गाओ। जिन-जिनको भी तुमने इस रस में डाला है उन सबको खूब अपने गाने से खुश करो।

[वे सभी गाती हैं। 'काली छायाओं' इत्यादि]

हिकेट वापस चली जाती है।]

दूसरी डायन : सुनो बहिन, मेरे अँगूठे में कुछ खुजली-सी मच रही है, मुझे लगता है कोई न कोई आफत या तूफ़ान आने वाला है।

ओ तालो ! खुल जाओ।

चाहे कोई भी खटकाये।।

[मैकबेथ का प्रवेश]

मैकबेथ : कौन हो तुम ओ काली बदसूरत चुड़ैल ! इस तरह छिपकर इस आधी रात के समय तुम क्या कर रही हो ?

सभी : वह काम जिसका कोई नाम नहीं बताया जा सकता।

मैकबेथ : ठहरो, मैं उस जादू के नाम पर, जिसकी तुम खूब हामी भरती हो, और जो चाहे कहीं से भी तुमने सीखा हो, कुछ तुमसे पूछना चाहता हूँ। मुझे जवाब दो। चाहे तुम अपने हाथों से ही ये आंधियाँ छोड़ती हो, जो गिरजाघरों की चोटियों से जाकर टकराती हैं; चाहे समुद्र की उस झागदार बड़ी-बड़ी लहरों से भँवर में फंसे हुए कितने ही जहाज़ डूब जाएँ; चाहे अनाज के पौधे टूट-टूटकर ज़मीन में मिल जाएँ और पेड़ हवा में उखड़कर उड़ जाएँ; चाहे बड़े-बड़े महल और किले टूटकर अपने मालिकों के ऊपर ही गिर जाएँ; चाहे राजमहल स्वयं और उसके साथ बड़ी-बड़ी मीनारों की चोटियाँ खण्ड-खण्ड होकर ज़मीन पर गिर पड़ें; मैं कहता हूँ, प्रकृति के जितने भी लाभदायक जीव-जन्तु हैं वे एक साथ क्यों न खत्म हो जाएँ; फिर भी जब तक यह प्रलय की आँधी स्वयं ही थककर न बैठ जाए, तब तक जो कुछ भी मैं पूछूँ उसका जवाब दो।

पहली डायन : बोलो !

दूसरी डायन : माँगो, क्या चाहते हो ?

तीसरी डायन : हम अवश्य उत्तर देंगे।

पहली डायन : पर बोलो, तुम सब कुछ हमारे ही मुँह से सुनना चाहते हो या हमें भी सिखाने वालियों के मुँह से ?

मैकबेथ : बुलाओ उन्हें। मैं देखना चाहता हूँ।

पहली डायन : अच्छा, तो बहिन ! इस देग में उस सूअरिया का खून

और डाल दो जिसने अपने नौ घेंटों को मारकर खा लिया है, और सुनो; जल्लादों के उस पत्थर से, जहाँ वे अपराधियों की गरदन काटते हैं, जो भी चरबी बहकर आई है, उसे आग में डाल दो।

सभी : आओ, ओ पिशाच-पिशाचियो ! ऊपर आकाश में या नीचे पृथ्वी पर, जहाँ कहीं भी तुम हो, वहाँ से आ जाओ ! और आकर अपना प्रताप दिखाओ।

[एकसाथ ज़ोर से बिजली कड़कती है। पहला पिशाच एक शिरस्त्राण पहने हुए प्रेत का सिर]

मैकबेथ : ओ अज्ञात शक्ति ! मुझे बता।

पहली डायन : तू कुछ न बोल, मैकबेथ ! वह तेरे मन की बात जानता है। तू सिर्फ उसकी बात सुन।

पहला पिशाच : मैकबेथ ! मैकबेथ ! मैकबेथ ! खबरदार रहना मैकडफ से। होशियार, उस फाइफ के थेन से। बस इतना ही कहना काफी है। अब मुझे जाने दे।

[पिशाच जाता है]

मैकबेथ : धन्यवाद ! ओ अज्ञात शक्ति ! चाहे तू कोई भी क्यों न हो, पर मुझे ये चेतावनी देने के लिए, मैं तुझे धन्यवाद देता हूँ। तूने ठीक मेरे डर को पहचान लिया है। पर ठहर, एक बात और सुन।

पहली डायन : उस पर इस तरह से तू आज्ञा नहीं चला सकता, मैकबेथ ! ले उससे भी विकराल दूसरा पिशाच आ रहा है।

[फिर एकसाथ ज़ोर से बिजली कड़कती है। दूसरा पिशाच एक खून से सने हुए बच्चे के रूप में आता है]

दूसरा पिशाच : मैकबेथ ! मैकबेथ ! मैकबेथ !

मैकबेथ : अगर मेरे तीन कान होते तो उन तीनों से मैं तेरी बात सुनता।

दूसरा पिशाच : खून से खेलने वाले बहादुर, अपने इरादे में और मज़बूत बनो। मैकबेथ ! संसार में आदमी की जितनी भी ताकत है उसे अपने पैरों तले कुचल डालो, क्योंकि औरत की कोख से जन्मा कोई भी आदमी तेरा कुछ नहीं बिगाड़ सकता।

[पिशाच जाता है]

मैकबेथ : तब फिर चाहे ज़िन्दा रह ओ मैकडफ ! तुमसे अब मुझे किस बात का डर है ? लेकिन फिर भी मैं अभी कही हुई इस बात को दूनी तरह से पक्का क्यों न कर लूँ, तकदीर से पूरी तरह यह वायदा क्यों न करा लूँ कि जो कुछ भी कहा गया है वह सब ठीक होकर ही रहेगा। तो फिर तू ज़िन्दा नहीं रह सकता मैकडफ ! जिससे जब, कभी-भी वह डरपोक भय मेरे हृदय में आकर मुझे परेशान करेगा, तो मैं कहूँगा—झूठा है तू ! और फिर तूफ़ानों में भी चैन की नींद सो सकूँगा।

[फिर एकसाथ ज़ोर से बिजली कड़कती है। मुकुट पहने हुए एक बच्चा आता है, जिसके हाथ में एक पेड़ है]

मैकबेथ : क्या है ?

यह किसी राजकुमार की तरह लगने वाला कौन है जो अपने सिर पर राजमुकुट पहने हुए है जिससे सुनहरे दानों की एक गोल लड़ी उसकी भौंहों तक लटक रही है ?

सभी : उससे कुछ मत बोलो, मैकबेथ ! सिर्फ उसकी बात सुनो।

तीसरा पिशाच : शेर की तरह बहादुर और गर्वीला बन ! और मत परवाह कर कि कौन राज्य में दुःखी है, कौन नाराज़ है या कौन तेरे खिलाफ षड्यन्त्र रच रहा है ! मैकबेथ को तब तक कोई नहीं गिरा सकता जब तक बरनम का वह विशाल वन उस ऊँची डन्सीनेन पहाड़ी तक आकर उससे टकरा न जाए।

मैकबेथ : जो कभी-भी नहीं हो सकता। क्या कोई एक वन को इस तरह अपने काबू में ले सकता है ? क्या कोई पेड़ों को यह आज्ञा दे सकता है कि अपनी जड़ों से उखड़कर चलो ? कोई नहीं। तब ओ मीठी भविष्यवाणी ! बहुत अच्छा ! तब तो बगावत के उठते हुए सिर ! झुक जा नीचे, झुक जा ! उस समय तक जब तक बरनम का वह विशाल वन स्वयं बगावत करने न खड़ा हो जाए। महान मैकबेथ उतने ही दिनों तक जीवित रहेगा जितना भाग्य ने उसके लिए पहले तय किया था, और मौत आएगी भी तो उसी तरह स्वाभाविक रूप से आएगी जैसे और सभी साधारण प्राणियों को आती है।

लेकिन, फिर भी मेरा दिल एक बात जानने के लिए धड़क रहा है। अपनी करामात से तू इतना बता सकता है, तो बता कि क्या बैंको का पुत्र कभी भी इस साम्राज्य पर शासन करेगा ?

सभी : अधिक जानने की इच्छा मत कर, मैकबेथ !

मैकबेथ : नहीं, मुझे इसका जवाब मिलना ही चाहिए। अगर तू मुझे नहीं बताएगा तो हमेशा-हमेशा के लिए तू शाप से जलता रहेगा। बता मुझे। बता...हैं ! यह देग यहाँ से कहाँ लुप्त हो गई ? क्या कोलाहल मच रहा है यह ?

[शहनाइयाँ बजती हैं]

पहली डायन : दिखा दो उसे।

दूसरी डायन : दिखा दो उसे।

तीसरी डायन : दिखा दो उसे।

सभी : दिखा दो यह सब उसे। होने दो दुःखी उसे। छाया बनकर आओ और उसी तरह चले जाओ।

[आठ सम्राटों का एक प्रदर्शन। अन्तिम सम्राट् अपने हाथ में एक शीशा लिए हुए है। बैंको की प्रेतात्मा पीछे से चल रही है]

मैकबेथ : कौन है तू ? तू भी बैंको की प्रेतात्मा से मिला हुआ है; चला जा, मेरे सामने से। तेरे सिर पर रखा हुआ यह ताज मेरी आँखों को गरम लोहे की सलाखों की तरह जला रहा है। और तेरे इन बालों पर ओ, दूसरे सम्राट् ! जो यह सुनहरा ताज पहन रखा हुआ है, वह ठीक पहले सम्राट् का-सा ही तो है। तीसरा भी उसी पहले की तरह है, तो क्यों मुझे यह सब कुछ दिखा रही हो ओ काली-कलूटी चुड़ैलो ? पर फिर...चौथा सम्राट् ? ओ, अच्छा हो कि मेरी आँखें मेरे सिर में से निकल पड़ें। क्या ! क्या यह पंक्ति प्रलय के आखिरी दिन तक इसी तरह बढ़ती चली जाएगी ? हैं ! फिर एक दूसरा ? वह सातवाँ सम्राट् ! नहीं, नहीं देखूँगा अब और अधिक मैं ! पर फिर ! फिर यह आठवाँ सम्राट् ? आ रहा है वह। उसके हाथ में जो शीशा है उसमें मुझे और भी न जाने कितने दिखाई दे रहे हैं। कुछ को तो मैं अपनी आँखों से देख रहा हूँ। वह देखो,

वे दो-दो चक्र और तीन-तीन राजदण्ड लेकर जा रहे हैं। ओ, भयानक ! भयानक ! अब मैं देख रहा हूँ कि यह सब सत्य है। क्योंकि खून से भीगा हुआ बैंको मेरे ऊपर हँस रहा है और उनकी तरफ इशारा करके बता रहा है मुझे, कि मैकबेथ ! ये हैं मेरे पुत्र और पौत्र।

[पिशाच चले जाते हैं]

क्या ! क्या आखिर यही होगा ?

पहली डायन : हाँ, सब ऐसा ही होगा। लेकिन, मैकबेथ ! तू इससे इतनी चिन्ता और आश्चर्य में क्यों पड़ा हुआ है ? आओ बहिनो ! चल कर हम उसे अच्छे-अच्छे खेल खिलाएँ और खुश करें। मैं तो हवा पर जादू कर दूँगी कि उससे संगीत के स्वर निकलेंगे और तुम अपना वही पुराना नाच नाचना, जिससे यह महान सम्राट् आभारी होकर कह दे, कि उसका स्वागत करके हमने उसके प्रति अपने कर्त्तव्य का भली भाँति पालन किया है।

[गाना। डायनें नाचती हैं और फिर हिकेट के साथ लुप्त हो जाती हैं]

मैकबेथ : कहाँ गईं वे ? क्या चली गईं ? ओ ! अच्छा हो कि पाप से भरा हुआ समय सदैव अभिशाप की आग से जलता रहे। कौन है वहाँ ? अन्दर आओ।

[लैनोक्स का प्रवेश]

लैनोक्स : सम्राट् की क्या आज्ञा है ?

मैकबेथ : क्या तुमने उन डायन बहिनों को कहीं देखा ?

लैनोक्स : नहीं, तो मेरे स्वामी !

मैकबेथ : क्या वे तुम्हारे पास होकर नहीं गईं ?

लैनोक्स : बिलकुल नहीं, मेरे स्वामी !

मैकबेथ : ओह ! भगवान् करे कि जिधर से भी वे उड़कर जाएँ, उधर से ही हवा पूरी तरह ज़हरीली हो जाए और जो भी उनकी बातों पर भरोसा करते हैं वे उनसे भी पहले मिट जाएँ। क्यों ? मुझे अभी कुछ घोड़े की टापें सुनाई दी थीं। कौन इधर होकर आया था ?

लैनोक्स : वही दो या तीन दूत हैं, स्वामी ! जो आपको यह खबर देने आए हैं कि मैकडफ इंग्लैंड भाग गया है।

मैकबेथ : इंग्लैंड भाग गया !

लैनोक्स : जी हाँ, मेरे श्रेष्ठ स्वामी !

मैकबेथ : (स्वगत) ओ समय ! तू मुझसे भी आगे भाग रहा है और मेरे इरादों को पूरा होने से रोक रहा है। ठीक है, जब तक इरादे बनने के साथ-साथ ही पूरे नहीं किए जाएँगे, तब तक ऐसी ही लापरवाही में सब कुछ बिगड़ जाएगा। मैं इस क्षण से प्रण लेता हूँ कि ज्यों ही मेरे हृदय में कोई उबाल आएगा, उसी क्षण वह काम मेरे हाथ से पूरा होगा। और अब जितने भी मेरे इरादे हैं, उन्हें मैं पूरा करके ही रहूँगा। इधर सोचूँगा और उसी पल काम पूरा होकर रहेगा। मैं मैकडफ के महल पर अचानक छापा मारूँगा और उस फाइफ को बाँध लूँगा। उसकी औरत और बच्चों को, और जो कोई भी अभागा उसके निवेश में होगा उन सबके गले के आर-पार मेरी तलवार की नोक होगी। बढ़-बढ़कर बातें करने से तो क्या फायदा है, पर मैं कहता हूँ कि अपने इरादों की आग ठण्डी पड़ने से पहले मैं अवश्य यह काम करूँगा।

बस, अब मैं और कुछ देखना नहीं चाहता। बस ! हाँ, कहाँ हैं वे दूत। चलो; मुझे उनके पास ले चलो।

[जाते हैं]

दृश्य 2

[मैकडफ का महल। लेडी मैकडफ, उसके पुत्र तथा रौस का प्रवेश]

लेडी मैकडफ : क्यों देश छोड़कर भाग गये वे ? आखिर ऐसा क्या किया था उन्होंने ?

रौस : धीरज रखिए, देवी !

लेडी मैकडफ : उन्होंने ही धीरज क्यों न रखा ? उन्होंने यह पागलों का-सा

काम किया है। अब तुम्हीं सोचो, अगर हमारे कार्यों से नहीं, तो इस तरह हमारे डर से, हम अवश्य विश्वासघाती समझे जाएँगे।

रौस : आप अभी यह नहीं जानतीं, देवी ! कि उनका इस तरह भाग जाना उनकी बुद्धिमानी है या केवल डर है !

लेडी मैकडफ : बुद्धिमानी ? क्या यही बुद्धिमानी है कि ऐसी जगह पर जहाँ से उन्हें खुद भागना पड़ा अपनी स्त्री, नन्हें-नन्हें बच्चों, सारी सम्पत्ति, घर और सम्मान को छोड़ जाएँ ? उन्हें हमसे कोई प्रेम नहीं है। मैं कहती हूँ, हमारे प्रति उनके हृदय का स्वाभाविक प्रेम पूरी तरह मर चुका है। देखो तो, एक छोटी से छोटी गरीब चिड़िया भी अपने बच्चों को उल्लू के खूँख्वार पंजे से किसी तरह दूर ही रखती है, उनकी हर तरह रखवाली करती है। और कुछ भी नहीं, यह सब उसका डर है। उसके हृदय में प्रेम नहीं है। तुम्हीं बताओ, क्या बुद्धिमानी है उनके इस तरह भाग जाने में ! मुझे कोई भी कारण समझ में नहीं आता।

रौस : नहीं, मेरी प्यारी बहिन ! मैं प्रार्थना करता हूँ, थोड़ा अपने-आपको सम्भालिए। आपके पति ऐसे नहीं हैं। मैं सच कहता हूँ, वे बहुत ही बुद्धिमान् और महान् हैं, और इस समय की क्रूर गति को सबसे अच्छी तरह पहचानते हैं। बस उससे आगे कुछ कहने की मेरी हिम्मत नहीं होती, लेकिन इतना अवश्य कहूँगा कि समय वही सबसे बुरा और दुर्भाग्यपूर्ण होता है जब हम विश्वासघाती होते हुए भी यह नहीं जानते कि हम क्या हैं, जबकि जो इधर-उधर अफवाहें उड़ती हैं, उन्हें सुनकर डरने लगते हैं, और फिर भी यह नहीं जानते कि हम डर किससे रहे हैं, और सन्देह तथा चिन्ता की उठती लहरों में इधर-उधर मारे-मारे फिरते रहते हैं।

अच्छा, अब मुझे आज्ञा दीजिए। कुछ ही क्षणों में, फिर मैं आपके पास आ जाऊँगा, यह समझ लीजिए कि जो भी खतरे से भरा हुआ काला वक्त अब चल रहा है, वह या तो खत्म ही हो जाएगा और अगर नहीं हुआ तो फिर और भी ज्यादा खतरनाक हो जाएगा। और भी काला हो जाएगा। बस, भगवान् आपको सुखी रखें, यही

मेरी कामना है, मेरी प्यारी बहिन !

लेडी मैकडफ : अपने पिताजी के जीवित रहते हुए भी मेरे ये लाल आज अनाथ जैसे हो गए हैं।

रौस : अच्छा, अब अगर अधिक देर तक मैं यहाँ ठहरूँगा तो स्वयं मूर्ख बन जाऊँगा। कब तक हृदय के इस दुःख को अन्दर ही अन्दर छिपाता रहूँगा ? नहीं, इससे मेरे पौरुष पर धब्बा लगेगा और तुम्हें भी अधिक दुःख होगा, बहिन ! इसलिए, बस, अब मैं तुरन्त यहाँ से जाना चाहता हूँ। अलविदा ! **(जाता है)**

[लेडी मैकडफ अपने पुत्र से बातें करती हैं]

लेडी मैकडफ : बेटा ! तुम्हारे पिता तो इस संसार से चल बसे। अब क्या करोगे तुम ? किस तरह अपने जीवन के दिन बिताओगे, बेटा ?

पुत्र : जैसे भगवान् की इस दुनिया में और पक्षी अपने जीवन के दिन बिताते हैं वैसे ही मैं भी बिताऊँगा माँ !

लेडी मैकडफ : क्या कीड़े-मकोड़ों के साथ ?

पुत्र : मेरा मतलब है, माँ ! कि जो कुछ भी भगवान् मुझे देगा, उसी से मैं अपना जीवन बिताऊँगा। पक्षी इसी तरह तो जीवित रहते हैं।

लेडी मैकडफ : ओ गरीब चिड़िया ! तुझे किसी जाल या गड्ढे में फँसने से डर नहीं लगता ?

पुत्र : क्यों डरूँ, माँ ! क्या ये जाल ये गड्ढे, बेचारी गरीब चिड़ियाओं के लिए ही बनाए गए हैं ? तुम चाहे कुछ भी कहो, पर मैं जानता हूँ कि मेरे पिता अभी जीवित हैं।

लेडी मैकडफ : नहीं बेटा ! मैं सच कहती हूँ वे मर गए। अब बताओ, बिना पिता के तुम कैसे रहोगे ?

पुत्र : बिना पति के तुम कैसे रहोगी माँ ?

लेडी मैकडफ : क्यों, मेरा क्या, मैं तो किसी बाज़ार से बीसों पति खरीद सकती हूँ।

पुत्र : तो फिर उन्हें बेचने के लिए खरीदोगी न, माँ ?

लेडी मैकडफ : अरे, तुम तो अपनी पूरी अक्ल लगाकर जवाब दे रहे

हो। फिर भी ठीक इतनी ही अक्ल तुम्हारे लिए पर्याप्त भी है।

पुत्र : क्यों माँ ? क्या मेरे पिता कोई विश्वासघाती थे ?

लेडी मैकडफ : हाँ, विश्वासघाती थे बेटा !

पुत्र : विश्वासघाती कौन होता है, माँ ?

लेडी मैकडफ : वही, जो वचन देकर उसी के विरुद्ध कार्य करता है।

पुत्र : क्या ऐसा करने वाले सभी विश्वासघाती होते हैं, माँ ?

लेडी मैकडफ : हाँ ऐसे ही लोग विश्वासघाती होते हैं और उन्हें तो फाँसी के तख्ते पर लटका देना चाहिए, बेटा !

पुत्र : और उन सभी को भी, माँ ! जो अपना ईमान उठाते हुए झूठ बोलते हैं।

लेडी मैकडफ : हर एक को।

पुत्र : पर कौन लटकाएगा फाँसी के तख्ते पर उन्हें, माँ ?

लेडी मैकडफ : ईमानदार आदमी लटकाएँगे, बेटा !

पुत्र : तब तो झूठा ईमान उठाने वाले मूर्ख हैं, माँ ! क्योंकि उनकी संख्या तो इतनी अधिक है कि अगर वे चाहें तो वे उलटे उन ईमानदार आदमियों को ही पीटकर फाँसी पर लटका सकते हैं।

लेडी मैकडफ : अब भगवान् ही तेरी देखभाल करे मेरे छोटे-से बन्दर ! लेकिन बिना पिता के तू रहेगा कैसे ?

पुत्र : पर हाँ, अगर वे मर जाते तो तुम उनके लिए रोतीं, माँ ! तुम तो रोयीं नहीं, इसलिए यह तो बहुत अच्छा संकेत है कि अगर वे नहीं, तो मुझे जल्दी ही दूसरे पिता मिलने वाले हैं !

लेडी मैकडफ : ओ बातूनी ! तू बातें कैसी अच्छी-अच्छी बनाना सीख गया है।

[एक दूत का प्रवेश]

दूत : भगवान् आपको बचाए, ओ देवी ! आप मुझे नहीं जानतीं, यद्यपि आपके उच्चपद के कारण मैं आपको अच्छी तरह जानता हूँ। मुझे डर है कि कोई खतरा जल्दी ही आपके सिर पर आने वाला है। अगर आप एक सीधे और सच्चे आदमी की सलाह मानें, तो यहाँ अब एक पल भी मत रहिए, देवी ! फौरन अपने बच्चों को लेकर

अपनी जीवन-रक्षा के लिए यहाँ से भाग जाइए। मौत आ रही है, देवी ! भाग जाइए यहाँ से। हाँ, मैं जानता हूँ कि अपने इन शब्दों से आपको डराते हुए मैं आपके प्रति कठोरता का व्यवहार कर रहा हूँ। लेकिन सच कह रहा हूँ, देवी ! अगर मैं अब भी आपको उस खतरे की सूचना न दूँ, जो ठीक आपके सिर पर आ चुका है, तो उससे भी कहीं अधिक मैं निर्दयी हूँगा। भगवान् आपकी रक्षा करे। बस, अधिक देर तक यहाँ ठहरने का साहस मैं नहीं कर सकता।

(जाता है)

लेडी मैकडफ : कहाँ भागकर जाऊँ मैं ? मैंने किसी का क्या बिगाड़ा है ? लेकिन हाँ, याद आया मुझे। क्यों भूल रही हूँ मैं, कि मैं उस अभागी दुनिया में हूँ जहाँ किसी को नुकसान पहुँचाना ही सराहनीय कार्य गिना जाता है। किसी की भलाई करने के बराबर और क्या मूर्खता होगी, जिससे न जाने कितने खतरे सिर पर खड़े हो जाते हैं। तो फिर हाय ! मैं क्यों एक अबला की तरह पुकार कर, कि मैंने किसी का कुछ नहीं बिगाड़ा है, अपनी रक्षा के लिए आशा करती हूँ ?

(चौंककर) हैं ! कौन हैं ये ? कौन हो तुम ?

[हत्यारे प्रवेश करते हैं]

हत्यारा : कहाँ है तेरा पति ?

लेडी मैकडफ : वे ऐसे किसी पाप भरे हुए स्थान पर नहीं हैं, जहाँ तुम जैसे पापी उन्हें पा सकें।

हत्यारा : वह विश्वासघाती है।

पुत्र : झूठ बोलता है तू ! तू ज़रूर कोई बदमाश है।

पहला हत्यारा : ओ छोटे-से अण्डे ! तू !...**(बच्चे के पेट में कटार भोंकता है)** जा, ओ गद्दार की औलाद !

पुत्र : माँ ! ओ माँ ! मुझे मार डाला है इसने ! तुम भाग जाओ, माँ ! मैं कहता हूँ अपने जीवन के लिए यहाँ से भाग जाओ। लो मैं चला !

(मरता है)

[लेडी मैकडफ 'खून ! खून !' चिल्लाती हुई बाहर जाती है और हत्यारे उसका पीछा करते हैं]

दृश्य 3

[इंग्लैण्ड राजमहल के सामने मैलकॉम और मैकडफ का प्रवेश]

मैलकॉम : तो चलो, किसी जगह पर चलें और कुछ देर वहीं आँसू बहाकर अपने जी का भार हल्का कर लें।

मैकडफ : नहीं, यह क्यों ? इसकी बजाय तो क्यों न इस खून की प्यासी तलवार को हम अपने हाथ में लें और बहादुरों की तरह उस चाँडाल के जुल्मों से कुचले हुए अपने दुःखी देश को आज़ाद करें, जो कि हमारा जन्मसिद्ध अधिकार है। हर एक दिन जब सुबह उस स्कॉटलैण्ड की भूमि पर सूरज अपनी आँख खोलता है, तो न जाने कितनी विधवाएँ, उसे अपने-अपने पतियों के शवों पर गला फाड़कर रोती हुई मिलती हैं, न जाने कितने अनाथ बच्चे उनकी तरफ देखकर निस्सहाय-से पुकार उठते हैं। क्या बताऊँ, हर एक दिन नये दुःख का तोहफ़ा लेकर आता है, जिससे बेचारे वे गरीब लोग रात और दिन रोते और चीखते हैं। कहा नहीं जाता राजकुमार ! स्वयं आकाश भी उनके इस हाहाकार को सुनकर उनकी सहानुभूति में रो उठता है।

मैलकॉम : बस, जो कुछ भी मैं सुनता हूँ उस पर पूरी तरह विश्वास करता हूँ और यही विश्वास मुझे रुलाता है। मैं अवश्य अपने इस दुःखी देश को इस दयनीय अवस्था से मुक्त करूँगा। बस किसी ठीक मौके का मुझे इन्तज़ार है; तुम जैसा कह रहे हो, हो सकता है वही हालत वहाँ हो। जानते हो, यह चाँडाल तो एक दिन बहुत ईमानदार और सच्चा आदमी समझा जाता था और आज जब हम उसका नाम भी लेते हैं तो हमारी जीभ तक जलने लगती है ! तुम भी तो उसे बहुत प्यार करते थे न ? तुम्हें वह अभी तक कोई आँच नहीं पहुँचा सका है। मैं तुमसे कहता हूँ कि मैं तो अब

मुसीबतों का मारा एक छोटा-सा और महत्त्वहीन आदमी हूँ। तुम मुझ जैसे कमज़ोर, गरीब और बेगुनाह आदमी को उस आग उगलते देवता की क्रोधाग्नि में डालकर क्यों नहीं कोई बुद्धिमानी का काम करते ? इससे तुम्हें वह बहुत कुछ देगा।

मैकडफ : बस, मैं विश्वासघाती नहीं हूँ, राजकुमार !

मैलकॉम : लेकिन मैकबेथ तो है। राजा की आज्ञा के दबाव में अच्छे से अच्छे व्यक्ति भी अपने सच्चे रास्ते से डिग जाते हैं। लेकिन क्षमा करना मुझे, मैं तुमसे प्रार्थना करता हूँ। जो कुछ भी तुम हो, मेरे शक करने से बदल थोड़े ही सकते हो। देवता आज भी उतने ही सुन्दर हैं, चाहे उनमें अधिकांश सुन्दर से सुन्दर नीचे गिर चुके हैं। चाहे जो चीज़ें बुरी और पतित हैं, अच्छाई का रूप धारण कर लें, तो भी क्या अच्छाई के रूप में कभी कोई अन्तर आ सकता है ?

मैकडफ : तब क्या मैं अपने उस दुःखी देश के लिए जो-जो आशा बनाकर आया था, वे हमेशा के लिए मिट गईं ?

मैलकॉम : तुमने यह और क्या नादानी की कि इस जल्दी में अपनी स्त्री और बच्चे को वहाँ छोड़ आए ? इस तरह उन्हें अकेला और निस्सहाय छोड़कर क्यों तुमने प्रेम को ठुकरा दिया ? जिन स्नेह के बन्धनों में प्रकृति ने तुम्हें एक-दूसरे से बाँधा है क्यों तोड़ दिया उन्हें तुमने ? शायद इसी से तुम पर मेरा शक हुआ है, पर फिर भी तुमसे यह प्रार्थना करता हूँ कि इससे यह न समझो कि मेरे हृदय में तुम्हारे प्रति कोई बुरी भावना पहले से है, लेकिन मुझे हर समय अपने जीवन की रक्षा के विषय में शंका बनी रहती है। इससे तुम यह कभी न सोचना कि मैं जो कुछ भी कह रहा हूँ, इससे मेरा मतलब यह है कि तुम कोई अच्छे और सच्चे व्यक्ति नहीं हो।

मैकडफ : तो फिर ओ मेरी अभागी मातृभूमि ! बहने दे इस खून को अपने शरीर से ! सूख जाने दे अपनी एक-एक धमनी को ! ओ ज़ुल्मों की आग ! जमा ले अपनी जड़ें और भी मज़बूती के साथ ! क्योंकि मनुष्य की अच्छाई में तुझे रोकने का साहस नहीं है। जलाती जा उन निस्सहाय प्राणियों को, क्योंकि अब तो मुझे इसका खुला अधिकार मिल चुका है।

अच्छा, मेरे स्वामी ! विदा ! जैसा तुम सोचते हो, वैसा नीच मैं नहीं हूँ और न हो सकता हूँ। चाहे इस चाँडाल का पूरा राज्य और इससे भी अधिक पूर्व दिशा के समृद्धिशाली राज्य भी मुझे क्यों न बदले में मिलें।

मैलकॉम : मेरी बात का बुरा न मानो। जो कुछ भी मैंने तुमसे कहा है वह पूरी तरह तुम पर शक करके नहीं कहा है। मैं जानता हूँ, हमारा देश इस समय जुल्मों के पंजे के नीचे दबा हुआ हाहाकार कर रहा है। इसी से इसके निस्सहाय प्राणी नित्य रोते हैं, उनके शरीर से खून बहता है और एक-एक दिन मेरे इस दुःखी देश के घावों की पीड़ा बढ़ती ही जाती है। जहाँ तक मैं सोचता हूँ इससे कुछ लोग तो स्कॉटलैण्ड में मेरा साथ देंगे और इधर इंग्लैण्ड के उदार सम्राट ने हज़ारों की संख्या में सैनिक मेरे साथ भेजने का वायदा किया है। लेकिन इस सबसे जब मैं उस चाँडाल ज़ालिम का सिर कुचलूँगा और उसे काटकर अपनी तलवार की नोक पर लगाऊँगा, तब भी यह देश जुल्मों से छुटकारा पा जाएगा ? न जाने फिर भी कितने ही जुल्म इसकी ज़मीन पर होते रहेंगे जो शायद पहले नहीं हुए होंगे। जो भी इसके बाद सम्राट् बनेगा वह तो और भी अनेक तरह के ज़ुल्म करके निस्सहाय प्राणियों को अधिक रुलाएगा।

मैकडफ : कौन होगा वह ?

मैलकॉम : मैं अपनी बात कर रहा हूँ क्योंकि मैं अपने चरित्र को अच्छी तरह जानता हूँ। जितनी भी बुराइयाँ और पाप हो सकते हैं, वे सब मुझमें इस तरह जड़ जमाए हुए हैं, कि जब वे बाहर आएंगे तो सच, पापों से काला वह मैकबेथ भी मेरे सामने बर्फ की तरह सफेद और पवित्र-सा चमकेगा। तब यह दुःखी देश मेरे अनगिनत ज़ुल्मों के मुकाबले में उसे एक सीधा और नादान मेमना समझेगा।

मैकडफ : क्या ? नहीं ! काले से काले, डरवाने असंख्य नरकों में भी उस मैकबेथ जैसा पापी और चाँडाल नहीं मिलेगा।

मैलकॉम : मैं जानता हूँ कि वह खून का प्यासा है, लालची है, झूठा है, धोखेबाज, दुष्ट, उतावला, ऐय्याश सब कुछ है और इसके भी

अलावा जितनी बुराइयाँ हो सकती हैं, वे उसमें हैं; लेकिन मेरे स्वभाव में जो लालच और ऐय्याशी है, उसकी तो कोई थाह ही नहीं, फिर तुम्हीं बताओ कि ऐसे आदमी के मुकाबले में मैकबेथ क्यों सम्राट् बनने के अधिक योग्य नहीं है ?

मैकडफ : लेकिन इस तरह सीमा से बाहर अपनी इन्द्रियों को बस में न रखना तो अपने ऊपर अत्याचार करने के बराबर है, क्योंकि इससे तो मनुष्य की सारी बुद्धि और चेतना मारी जाती है। यही तो कितने ही राजाओं के पतन का कारण बना और इसी से कितनी ही राजगद्दियाँ समय से पहले ही सूनी हो गईं। लेकिन कुछ भी हो, जो तुम्हारे अधिकार की वस्तु है उसे तुम लेने में क्यों डरते हो ? अगर तुम फिर ऐय्याशी करना चाहते हो तो क्यों छिपे रूप से नहीं करते, जिससे बाहर सभी को यही मालूम होता रहे कि सम्राट् अपने चरित्र में पूरी तरह उज्ज्वल है।

मैलकॉम : लेकिन क्या बताऊँ, इसके साथ-साथ मुझमें एक दूसरा भी तो दोष है और वह है मेरा लालच ! जिसकी तृप्ति कभी हो ही नहीं सकती। अगर मैं सम्राट् हो गया तो सबसे पहले मैं चाहूँगा कि राज्य के सरदारों की सारी जागीरें हड़प लूँ। किसी की दौलत दबा लूँ, किसी के घर पर कब्ज़ा कर लूँ। बस यह समझ लो, जितना अधिक मुझे मिलता जाएगा उतनी ही अधिक मेरी भूख बढ़ती जाएगी। इससे हो सकता है कि अच्छे और राजभक्त लोगों की भी धन-दौलत मुझे अन्यायपूर्ण ढंग से लूट लेनी पड़े, जो पूरी तरह उनकी बर्बादी का कारण होगा।

मैकडफ : तो फिर उस बढ़े हुए लालच से तो इन्द्रियों के विलास की वह क्षणिक इच्छा, जो ग्रीष्म ऋतु की तरह अल्पकालीन होती है, कहीं कम है। यह लालच तो बहुत नीचे तक अपनी जड़ें जमाता है और उससे भी कहीं अधिक मनुष्य के लिए घातक है। यह तो उस तलवार की तरह है जिसने अनेकों राजाओं को मौत के घाट उतार लिया हो और फिर भी खून की प्यासी हो। लेकिन हाँ, डरो नहीं फिर भी। स्कॉटलैण्ड के अन्दर किस चीज़ की कमी है, जिससे तुम्हारी भूख

न मिट सके ! तुम्हारे स्वयं के अधिकार में ही इतना अधिक है। तुम्हारे ये सब दोष सहन करने योग्य हैं, स्वामी, बशर्ते तुम अपने दूसरे अच्छे गुणों से इनकी पूर्ति कर लो।

मैलकॉम : लेकिन मुझमें तो कोई भी गुण नहीं है। एक अच्छे राजा के जो भी गुण होते हैं जैसे न्याय, सच्चाई, आत्मसंयम, दृढ़ता, उदारता, धैर्य, दया, विनीतभाव, भक्ति, वीरता और साहस; इनमें से कोई भी तो मुझमें नहीं है, बल्कि मैं तो एक ही बुराई को न जाने कितनी तरह से करता हूँ। इस तरह एक ही पाप के अन्दर ही अनेक पापों का भागी हूँ। अगर मेरी ताकत में यह भी होता कि आपस के सद्भाव और सहयोग के इस मीठे दूध को नरक की उस जलती आग में फेंक दूँ और दुनिया की शान्ति और एकता को नष्ट करने के लिए एक तूफ़ान खड़ा कर दूँ, तो मैं उसे अवश्य करता।

मैकडफ : तब ओ स्कॉटलैण्ड ! ओ मेरी निस्सहाय मातृभूमि !!

मैलकॉम : अब बोलो, अगर तुम चाहते हो कि ऐसा व्यक्ति जाकर स्कॉटलैण्ड पर राज्य करे, तो चलो, मैं चलता हूँ।

मैकडफ : नहीं ! नहीं ! करने योग्य तो क्या, जीवित रहने के योग्य भी नहीं है ऐसा व्यक्ति। ओ, मेरे दुःखी देश ! जो यह चाँडाल इस खून से भीगे राजदण्ड को लेकर तेरे ऊपर अनाधिकार रूप से राज्य कर रहा है, उससे कब मुक्ति पाकर तू अपने अच्छे दिन देखेगा ? तेरा सच्चा स्वामी तो अपने चरित्र में न जाने कितने दोष देखकर, अपने जन्म पर धब्बा लगा रहा है, और अपने-आपको पापी और अपराधी कह रहा है।

अच्छा, मेरे स्वामी ! अलविदा ! जाता हूँ; पर मैं भूला नहीं कि तुम्हारे पिता कितने उज्ज्वल चरित्र और उदार हृदय वाले सम्राट् थे और महारानी, तुम्हारी माँ; जिन्होंने तुम्हें जन्म दिया है; कैसी थीं वे ? कितनी देर तक अपने घुटनों पर झुककर भगवान् से प्रार्थना किया करती थीं और वे बहादुर महारानी प्रतिदिन अपनी मौत का सामना करने के लिए तैयार रहती थीं। अच्छा, अलविदा ! यह बताओ कि

जो भी दोष तुम अपने चरित्र में बता रहे हो, क्या इन्हीं की आशा में, मैं आज स्कॉटलैण्ड से निर्वासित हो गया हूँ ? बस, ओ मेरे हृदय ! तेरी अब तक की बनाई सारी आशाओं का यहाँ अन्त होता है।

मैलकॉम : मेरे मैकडफ ! तुम्हारे सच्चे हृदय से उत्पन्न भावों ने मेरे हृदय में तुम्हारे प्रति पैदा हुए काले दागों को पूरी तरह धो दिया है और मुझे तुम्हारी सच्चाई का पूरा भरोसा है। मैं तुम्हारा हृदय से सम्मान करता हूँ। मैकडफ ! वह शैतान मैकबेथ मुझे अपने पंजे में लेने का बहुत प्रयत्न कर रहा है। इसीलिए पहले-पहल मुझे किसी पर भी विश्वास नहीं होता और न ही मुझे करना चाहिए। लेकिन अब हम सबके ऊपर बैठा हुआ वह भगवान् ही हमारे बीच है। मैं अब पूरी तरह से अपने-आपको तुम्हारे बताए मार्ग पर चलने के लिए छोड़ देता हूँ, और जो भी दोषारोपण मैंने अपने ऊपर किया है, उसे वापस लेता हूँ क्योंकि तुम तो जानते ही हो कि इन दोषों में से, मैं किसी को जानता तक नहीं। मैंने न तो अभी तक किसी स्त्री को जाना है और न कभी अपना दिया वचन ही तोड़ा है। दूसरे की तो क्या, अपनी स्वयं की वस्तुओं के लिए भी मेरे हृदय में लालच पैदा नहीं हुआ। मैं सच कहता हूँ, आज तक मैंने किसी के साथ भी विश्वासघात नहीं किया; यहाँ तक कि स्वयं शैतान के साथ मैं विश्वासघात नहीं कर सकता, मैकडफ ! सत्य के मार्ग पर ही जितना सुख मुझे मिल सकता है वही मेरा है। मैंने अपने बारे में ये बुरी-बुरी बातें कह कर जीवन में पहली बार ही झूठ बोला है। वास्तव में जो भी गुण मुझमें हैं, उन्हें तुम्हारे और अपने दुःखी देश के प्रति अर्पित करता हूँ, जहाँ जाने के लिए वृद्ध सेनापति सिवार्ड दस हज़ार सैनिकों-सहित तुम्हारे आने से पहले ही तैयार हैं और बस यहाँ से चलने ही वाले हैं। अब हम सभी एकसाथ चलेंगे। जैसा अपने देश पर हमारा न्यायपूर्ण अधिकार है वैसे ही हमारी विजय के भी अच्छे आसार हैं।

क्यों ! तुम चुप क्यों हो ?

मैकडफ : इतने बुरे और अच्छे भाव एक ही साथ ! ओह ! इन्हें आपस में मिलना कितना कठिन है।

[एक डॉक्टर का प्रवेश]

समाज के बीच होने का अकेलापन है और परिणति उसकी भी किसी तरह।

मैलकॉम : बस, एक क्षण में फिर इसी पर बात करेंगे। पर क्या आप यह बताने की कृपा करेंगे कि सम्राट् राजमहल के बाहर आज आएँगे या नहीं ?

डॉक्टर : हाँ, श्रीमान ! बेचारे कुछ दुःखी-बीमार लोग बाहर अपने इलाज के लिए उन्हीं की प्रतीक्षा में खड़े हैं। बड़ी से बड़ी विद्या वाले डॉक्टर भी उनकी बीमारी को देखकर असमंजस में पड़ गए हैं, लेकिन भगवान् ने सम्राट् के हाथ में ऐसी पवित्रता दी है कि उनके छूते ही वे सब अच्छे हो जाते हैं।

मैलकॉम : मेरी ओर से आपको धन्यवाद है डॉक्टर !

[डॉक्टर जाता है]

मैकडफ : इसे 'किंग्स ईविल'[1] (राजा का पाप) कहते हैं। पवित्र हृदय वाले सम्राट् में यह एक ऐसा आश्चर्यजनक गुण है कि जब से मैं यहाँ इंग्लैण्ड में हूँ, तभी से ऐसा इन्हें देख रहा हूँ। कैसे वे अपने में दैवी शक्ति ले आते हैं, इसे तो वे ही जानते हैं। अजीब-अजीब बीमारियों से पीड़ित लोग, पूरी तरह सूजे हुए और पूरी तरह घावों से पके हुए, उनके पास आते हैं। सच कहता हूँ, उन बीमारों की दयनीय अवस्था देखकर आँखों में आँसू आ जाते हैं। जिनका इलाज डॉक्टरी विद्या के पास नहीं है उनकी गरदन में वे सोने का तावीज़ बाँध देते हैं और उस पर कुछ मन्त्र पढ़कर बीमार को अच्छा कर देते हैं। यह भी कहा जाता है कि जो भी सम्राट् होता है वह अपने उत्तराधिकारियों के लिए यह गुण अवश्य सिखाकर जाता है। इस

---

1. King's Evil (किंग्स ईविल) —गण्डमाला नाम की बीमारी। इसे 'किंग्स ईविल' (राजा का पाप) इसीलिए कहकर पुकारते हैं, क्योंकि इंग्लैंड में यह अन्धविश्वास चला आ रहा था कि राजा के स्पर्श करने मात्र से ही यह बीमारी ठीक हो जाती है। इसका वर्णन करके, सम्भव है, शेक्सपियर 'सम्राट् जेम्स' को उच्च सम्मान देना चाहता हो।

गुण के अलावा भी न जाने कितने ही गुण सम्राट् में हैं, जैसे भविष्य की बात बता देना आदि। कितने ही तो यहाँ तक कहते हैं कि सम्राट् में ईश्वरीय शक्ति पूरी तरह समाई हुई है।

[रौस का प्रवेश]

मैकडफ : वह देखो, कौन आ रहा है ?

मैलकॉम : यह तो मेरा कोई देशवासी लगता है, पर फिर भी इसे मैं जानता तो नहीं हूँ।

मैकडफ : ओ, आओ मेरे प्यारे भाई ! स्वागत है।

मैलकॉम : अब मैं इसे पहचान गया। हे भगवान् ! तुमने कितने ठीक समय पर उन सब कारणों को दूर कर दिया जिनसे हम एक-दूसरे को अजनबी समझे हुए थे।

रौस : अमीन ! भाई !

मैकडफ : क्यों रौस ! बताओ, क्या हमारा देश उसी तरह दुःखी है जैसा पहले था ?

रौस : हाय ! मेरे दुःखी देश ! आतंक इस हद तक बढ़ चुका है कि मनुष्य को अपने-आपसे डर लगने लगा है। अब स्कॉटलैण्ड हमारी मातृभूमि नहीं रह गया। बल्कि इसे तो अब कब्रिस्तान कहना अच्छा होगा, जहाँ कोई भी खुशी से मुसकराता हुआ नहीं दिखाई दे सकता। हाँ, इस आतंक के बीच वही थोड़ा-बहुत मुस्करा सकता है, जिसे अभी कुछ भी पता न हो। अब हमारी मातृभूमि कहलाने वाले उस देश में पल-पल पर आह और चीत्कार सुनाई देती है, जिसकी तरफ कोई भी ध्यान देने वाला नहीं है। चारों तरफ उन्मादित-सी हो कर वेदना और हाहाकार इस तरह फिर रहा है मानो वहाँ के लिए यह स्वाभाविक हो चुका हो। मैं सच कहता हूँ, निस्सहाय प्राणी मरते हैं, तो उनके शवों को देखकर यह तक कोई पूछने वाला नहीं है कि कौन हैं ये जो दुनिया को छोड़कर चले जा रहे हैं। कहाँ तक कहूँ, जो अच्छे और भले आदमी हैं, उनके जीवन का भी क्या है; अभी उनके सिर पर सम्मान के साथ खिले हुए फूल रखे जाते हैं और कुछ ही क्षणों में, इससे पहले कि वे फूल मुरझाकर

गिर जाएँ, उनकी गरदन ही उस चाँडाल के हाथों कटकर ज़मीन पर गिर जाती है।

मैकडफ : मेरे प्यारे भाई ! जो कुछ भी तुम कह रहे हो वह सब ठीक है। तुम अच्छी तरह से सब वर्णन कर रहे हो।

मैलकॉम : लेकिन अभी हाल की खबर क्या है ?

रौस : स्वामी ! एक घण्टे पहले की खबर इतनी पुरानी पड़ जाती है कि कोई उस पर ध्यान नहीं देता। वहाँ तो प्रति पल ही नई-नई आफतें आती हैं और प्रति पल ही नई खबरें पैदा होती हैं।

मैकडफ : मेरी पत्नी कैसी है ?

रौस : क्यों ! अच्छी तरह से है।

मैकडफ : और मेरे सभी बच्चे ?

रौस : वे भी अच्छे हैं।

मैकडफ : उस चाँडाल ने उन्हें सताया तो नहीं ?

रौस : नहीं, जब मैं चला था तब तो वे कुशलपूर्वक थे।

मैकडफ : छिपाओ नहीं भाई ! मुझे लगता है कि तुम कुछ कहना चाहते हो पर अपने आप को रोक रहे हो। कहो, सच बताओ मेरे भाई, कैसे हैं वे ?

रौस : अपने हृदय के दुःख को लेकर, जब मैं इधर आ रहा था, तब एक अफवाह मेरे कानों तक उड़ती हुई-सी आई थी, कि राज्य के बहुत-से भले आदमियों ने उस दुष्ट के विरुद्ध हथियार उठा लिए हैं। इस बात पर मेरा विश्वास उस समय और भी पक्का हो गया, जब मैंने स्वयं आँखों से उस ज़ालिम की फौजों को चलते हुए देखा। इसी समय हमारी सहायता की आवश्यकता है। अगर इस समय स्वामी ! आप स्कॉटलैंड पहुँच जाएँ, तो सैनिक तो दूने उत्साह से लड़ेंगे ही, यहाँ कि अबला स्त्रियाँ भी अपने देश के दुःख का निवारण करने के लिए उस ज़ालिम के खिलाफ हथियार उठा लेंगी।

मैलकॉम : अच्छा, तो फिर उन्हें किसी तरह इस खबर से सन्तोष मिलना चाहिए कि हम आ रहे हैं। इंग्लैंड के उदार और सहिष्णु सम्राट् हमारे साथ सुयोग्य सेनापति सिवार्ड तथा दस हज़ार सैनिकों

को भेज रहे हैं। सिवार्ड से बढ़कर इस पूरे संसार में कौन अनुभवी और अच्छा सैनिक है ?

रौस : ओ ! काश ! जैसी अच्छी खबर है, वैसा ही अच्छा उत्तर मैं आपको दे पाता। लेकिन मेरे पास इसके लिए शब्द नहीं हैं। जो कुछ भी हैं, वे तो सिर्फ किसी निर्जन वन में पुकारे जाने चाहिए, जहाँ कोई, उन्हें सुन न सके।

मैकडफ : किससे सम्बन्धित हैं तुम्हारे शब्द, मेरे भाई ! क्या सर्व-साधारण से सम्बन्ध रखने वाली कोई बात है या उनमें किसी एक व्यक्ति के जीवन का दुःख छिपा है।

रौस : प्रत्येक मनुष्य जिसका भी हृदय सच्चा है वही इस दुःख का भागी है। लेकिन भाई ! इसका मुख्य सम्बन्ध तुम्हारे ही जीवन से है।

मैकडफ : अगर मेरे जीवन से है तो बताओ। मुझसे अब छिपाओ नहीं भाई ! बता दो मुझे शीघ्र, क्या बात है ?

रौस : पर मुझे डर है कि यह सुनकर तुम्हारे कान मेरी जीभ से घृणा न करने लग जाएँ, क्योंकि वे ऐसा ही दुःखदायी समाचार सुनेंगे जैसा किसी ने कभी नहीं सुना होगा।

मैकडफ : ठीक है। मैं समझ गया। मैं समझ गया, भाई ! जो तुम कहोगे।

रौस : तुम्हारे महल पर अचानक ही उस ज़ालिम ने छापा मारकर अधिकार कर लिया और तुम्हारी स्त्री और बच्चों को निर्दयता से अपनी तलवार के घाट उतार दिया। बस, अब आगे मत पूछो। अगर उस मृत्यु-काण्ड की सारी बातें तुम्हें बताने लगूँगा, तो सच भाई ! उन अभागों के साथ तुम भी इसी क्षण इस संसार से चल बसोगे।

मैलकॉम : हैं ! हे दयालु ईश्वर ! क्या है यह तेरा बनाया हुआ प्राणी ! मैकडफ ! मेरे भाई! इस तरह अपनी आँखों के आँसुओं को छिपाने का प्रयत्न न करो। बह जाने दो हृदय की इस पीड़ा को। रोओ, मेरे भाई, बोलो कुछ। इस तरह आँखें फाड़े गुमसुम न खड़े रहो।

जो पीड़ा अन्दर ही अन्दर दबी रह जाती है और किसी तरह बाहर नहीं निकल पाती, उससे हृदय फट जाता है।

मैकडफ : क्या मेरे वे लाल भी उस चाँडाल की तलवार से नहीं बचे ?

रौस : कोई भी नहीं। स्त्री-बच्चे जो कोई भी उसके सामने आए, उनकी गरदनें कट-कटकर ज़मीन पर गिर पड़ीं।

मैकडफ : और ऐसे समय में मैं यहाँ था ! ओह ! क्या मेरी पत्नी भी मुझे छोड़कर चली गई ?

रौस : हाँ, मैं पहले ही बता चुका हूँ।

मैलकॉम : धैर्य रखो, मैकडफ ! हम उनके खून की एक-एक बूँद का बदला लेंगे।

मैकडफ : क्या उस चाँडाल के बच्चे नहीं हैं जो उसका हाथ मेरे मासूम बच्चों पर उठा ? मेरे प्यारे लाल ! कहाँ हो तुम ?...क्या कहा तुमने ? सभी मुझे अकेला छोड़कर इस दुनिया से चले गए ? ओ नरक के जल्लाद ! क्या तेरी तलवार ने मेरे सभी बच्चों का खून पी लिया ? बताओ मुझे, क्या मेरी स्त्री और मेरे वे सभी लाल उस हत्यारे की चोट से मुझसे पराये होकर चले गए ?

मैलकॉम : घबराओ नहीं, भाई ! एक बहादुर आदमी की तरह धीरज रखो।

मैकडफ : रखूँगा। धीरज रखूँगा...पर कैसे रखूँ, मुझे बताओ, मैं कैसे धीरज रखूँ ? किसका हृदय ऐसे दुःख से नहीं फट जाएगा ? फिर मैं भी तो एक प्राणी हूँ। मैं अपने प्यारे लालों को, अपनी उस प्यारी पत्नी को कैसे एक क्षण में भूल जाऊँ ?...कैसे उन्हें भूल जाऊँ, बताओ मुझे। हो नहीं सकता कि मुझे इस तरह बरबाद करने में भगवान् ने स्वयं भाग न लिया हो। पर ओ, पापी मैकडफ ! सबसे बड़ा तो उन मासूमों की हत्या का कारण तू है। तूने खून किया है उनका।...ओह ! अब क्या हूँ मैं ? कुछ भी नहीं।...मैं जानता हूँ कि यह मेरे कारण हुआ है, नहीं तो उनका क्या दोष था जिससे इस निर्दयता के साथ वे मारे जाते ? हे ईश्वर ! उनकी आत्मा को शान्ति प्रदान करना।

मैलकॉम : दुःखी मत हो, मैकडफ। बल्कि इस दुःख को क्रोध की चिनगारियों में बदल डालो। अपने हृदय को ऐसा पत्थर बना लो, जिस पर तुम अपनी तलवार की धार तेज़ कर सको। मेरे मैकडफ, इस तरह अपने हृदय को न गिराओ, बल्कि क्रोध के उबाल के साथ इसे ऊपर उठने दो।

मैकडफ : अब मैं क्या करूँ ? उस दयालु ईश्वर ने ही मेरे प्यारे स्त्री-बच्चों को मुझसे छीन लिया, नहीं तो ओ, स्कॉटलैण्ड के शैतान हत्यारे ! सच, अगर तू मेरी तलवार के सामने आकर एक बार भी बचकर निकल जाए तो फिर मैं ईश्वर से यही प्रार्थना करूँगा कि वह तुझे इस पृथ्वी पर अमर कर दे। पर अब क्या ? मेरा रोना, और बढ़-बढ़कर बातें करना ठीक स्त्रियों जैसा ही है।

मैलकॉम : अब तुम्हारे शब्दों से, सच्ची वीरता की चिनगारी निकल रही है, मैकडफ ! आओ, सम्राट् के पास चलें। उस आक्रमण के लिए सेनाएँ तैयार हैं। अब तो केवल कमी यहाँ से चलने-भर की है ! मैकबेथ अब हमारे बदले का शिकार बनने से नहीं बच सकता ! उधर ईश्वर भी अपनी दैवी शक्तियों को हमारी सहायता करने के लिए लगा रहा है।

कुछ क्षणों के लिए और खुश हो ले, ओ चाँडाल ! कितना भी आराम कर ले, कितना ही ज़ुल्म कर ! पर यह जान ले कि बड़ी से बड़ी रात भी सुबह की किरणों के साथ ही समाप्त हो जाती है।

(प्रस्थान)

पाँचवाँ अंक

दृश्य 1

[डन्सीनेन। राजमहल का एक कमरा। एक दासी और डॉक्टर का प्रवेश]

डॉक्टर : तुम्हारे साथ-साथ देखते हुए मुझे दो रात हो गईं लेकिन मुझे तो कुछ भी नहीं मिला जिससे मैं तुम्हारी बात को सच मान लूँ। अन्तिम बार कब तुमने उन्हें शयनागार में चलते हुए देखा था ?

दासी : जबकि सम्राट् युद्ध-क्षेत्र में गए हुए थे तब मैंने उन्हें अपने बिस्तर से उठते हुए और कपड़े पहने हुए देखा था। उठकर उन्होंने अपनी अलमारी खोली थी और उसमें से कागज़ निकालकर पहले उसे मोड़ा और फिर उसपर कुछ लिखकर तुरन्त पढ़ा और फिर मोहर लगाकर बन्द कर दिया था। इतना सब कुछ करते हुए भी वे खूब गहरी नींद सोई हुई थीं।

डॉक्टर : खूब गहरी नींद सोई हुई थीं ? और फिर भी जागे हुए व्यक्ति का-सा काम कर रही थीं। अवश्य कोई मानसिक पीड़ा उन्हें सता रही है। पर यह बताओ कि नींद की घबराहट में इस तरह टहलते और सचमुच कुछ करते हुए देखने के अलावा, क्या तुमने उन्हें कभी कुछ कहते हुए सुना ?

दासी : हाँ, लेकिन वह मैं आपको नहीं बता सकती।

डॉक्टर : नहीं, नहीं, बताओ। यह बहुत ही आवश्यक है, इसलिए तुम्हें बताना ही चाहिए।

दासी : नहीं, यह मैं किसी को नहीं बता सकती, क्योंकि जो कुछ

भी मैं कहूँगी उसको पूरी तरह सच्चा सिद्ध करने के लिए मेरे पास साधन नहीं है। वे देखो, वे यहीं आ रही हैं।

[लेडी मैकबेथ एक मोमबत्ती लिए हुए आती है]

यह उन्हीं की शक्ल-सूरत और उनका ही ढंग है। मैं अपनी सौगन्ध खाकर कहती हूँ कि इस समय वे जगी हुई नहीं हैं, बल्कि गहरी नींद में सोई हुई हैं। आओ, छिप जाएँ और तब तुम उन्हें अच्छी तरह देखो।

डॉक्टर : यह जली हुई मोमबत्ती वे कहाँ से ला रही हैं ?

दासी : क्यों ? यह तो उन्हीं के पास थी। क्या तुम्हें पता नहीं है ? यह उनकी आज्ञा है कि कोई न कोई रोशनी हमेशा उनके पास होनी चाहिए।

डॉक्टर : वह देखो, उनकी आँखें तो खुली हुई हैं।

दासी : हाँ, पर उनमें कोई भाव नहीं है।

डॉक्टर : क्या कह रही हैं वे इस समय ? वह देखो, किस तरह वे अपने हाथों को रगड़ रही हैं।

दासी : यह तो उनकी हमेशा की आदत है कि मानो वे अपने हाथ धो रही हैं। पन्द्रह मिनट से तो मैं उन्हें यही करते देख रही हूँ।

लेडी मैकबेथ : यहाँ अभी भी एक दाग रह गया।

डॉक्टर : सुनो, वे कुछ कह रही हैं। मैं तो जो कुछ भी वे बोलेंगी उसे लिखता हूँ, इससे और भी अच्छी तरह मैं ये बातें याद रख सकूँगा।

लेडी मैकबेथ : मिट जाओ, पापी दाग ! मिट जा, मैं कहती हूँ मिट जा। एक, दो ! क्यों ! तब तो उस काम को पूरा करने का यही समय है—नरक तो भयानक होता है। पर धिक्कार है तुम पर, मेरे स्वामी ! एक सैनिक होकर इस तरह से डर रहे हो ? यदि किसी को यह पता भी हो, तो उससे भी डरने की हमें क्या आवश्यकता है। कौन है ऐसा जो हमारी ताकत को चुनौती दे सके लेकिन फिर भी किसको पता था कि इस बूढ़े में इतना खून होगा।

डॉक्टर : कुछ सुना तुमने ?

लेडी मैकबेथ : फाइफ के थेन की एक स्त्री थी। कहाँ है वह अब ?

क्या ! ओह ! इन हाथों से कभी भी ये दाग नहीं मिटेंगे ?—नहीं अब और नहीं, मेरे स्वामी, अब बिलकुल नहीं। तुमने इस तरह का प्रारम्भ करके सारा काम बिगाड़ दिया है।

डॉक्टर : अब आओ ! देखो, यह बातें जो अभी हमें मालूम हुई हैं, उन्हें सुनने का तो हमने ख्याल भी नहीं किया था।

दासी : मैं सुन रही हूँ। निश्चित ही वे कुछ ऐसी बातें कह गई हैं जोकि अपनी जगी हुई हालत में उन्होंने कभी नहीं कही होतीं। भगवान् ही जानता है कि इनके मस्तिष्क में क्या-क्या रहस्य भरे पड़े हैं।

लेडी मैकबेथ : अभी तक भी खून की बदबू यहाँ से नहीं मिटी है। अरब की सारी खुशबुएँ क्यों न आ जाएँ पर वे इस छोटे-से हाथ की बदबू नहीं मिटा सकतीं। ओह ! ओह ! ओह !

डॉक्टर : कितनी गहरी आह है ! मालूम होता है मानो हृदय पर कोई भारी चोटें मार रहा हो।

दासी : सच कहती हूँ, अगर दुनिया की सारी धन-दौलत और इज़्ज़त भी मुझे मिले तो भी ऐसे पापी हृदय को अपने शरीर के अन्दर न घुसने दूँ।

डॉक्टर : अच्छा ! अच्छा ! अच्छा !

दासी : ईश्वर करे सभी बातें ठीक हों, जैसा भी तुम मालूम करना चाहते हो।

डाक्टर : **(स्वगत)** इस बीमारी का इलाज तो मेरी बुद्धि और सामर्थ्य के परे है। फिर भी मैं बहुत-से लोगों को जानता हूँ जो नींद में चलते-फिरते थे और जो अपने अन्तिम समय में ईश्वर का नाम लेते हुए अपने बिस्तरों पर ही मरे हैं।

लेडी मैकबेथ : अपने हाथों को धो लो और कपड़े पहन लो। इस तरह डर के मारे पीले मत दिखाई दो। मैं तुमसे फिर कहती हूँ कि बैंको को दफ़ना दिया गया है और अब वह अपनी कब्र से उठकर बाहर नहीं आ सकता।

डॉक्टर : **(स्वगत)** क्या ऐसा भी ?

लेडी मैकबेथ : सो जाओ। जाओ, सो जाओ। कोई दरवाज़ा खटखटा

रहा है। आओ, आओ अपना हाथ मुझे पकड़ाओ। अब जो कुछ भी होना है उसे कौन रोककर बदल सकता है ? जाओ, सो जाओ। बस...। **(जाती है)**

डॉक्टर : अब क्या वे अपने बिस्तर पर सोने के लिए जा रही हैं ?

दासी : सीधी वहीं।

डॉक्टर : बुरी-बुरी अफवाहें बाहर फैली हुई हैं। भयानक अपराध मनुष्य के मस्तिष्क को उस भयानक स्थिति में ले जाकर पागल-सा बना देते हैं कि वे अपने उन तकियों से भी अपने सारे भेद कहने लगते हैं जो उनकी कुछ भी बात नहीं सुन सकते। उन्हें तो किसी महात्मा या सन्त की आवश्यकता है। डॉक्टर इसे ठीक नहीं कर सकता। हे ईश्वर ! मेरे ईश्वर ! हम सबको क्षमा कर दो और उनकी तरफ देखो। उनके सामने से उन सब चीज़ों को हटा दो जो उनकी पीड़ा का कारण हों। अच्छा विदा ! उनकी इस स्थिति को देखकर तो मेरा मस्तिष्क बेचैन-सा हो उठा है और आँखें बुरी तरह आश्चर्य से भर गई हैं। बहुत-सी बातें एक साथ मस्तिष्क में उठती हैं, पर उन्हें कहने का साहस मैं नहीं कर सकता।

दासी : अच्छा, डॉक्टर अलविदा !

[वे जाते हैं]

दृश्य 2

[डन्सीनेन के पास]

[नक्कारे और झण्डे, मैंटियथ, कैथनिस, ऐंगस, लैनोक्स तथा कुछ सैनिकों का रंग-बिरंगे झण्डे लिए हुए प्रवेश]

मैंटियथ : अंग्रेज़ी सेनाएँ अब पास आ गई हैं। मैलकॉम, उसके चाचा सिवार्ड और वह प्यारा मैकडफ ये सभी उसका सेनापतित्व कर रहे हैं। उनके दिलों में बदले की आग जल रही है। ठीक भी है, क्योंकि जो-जो घाव उनके दिल पर कसक रहे हैं और जिनसे उनके अन्दर यह आग-सी लगी हुई है, उससे तो कोई मरा हुआ आदमी

भी होता, तो वह भी भयानक से भयानक रक्तपात करने के लिए उत्तेजित हो उठता।

ऐंगस : चलो बरनम वन तक चलें। उसी रास्ते वे आ रहे हैं, वहीं चलकर हम उनसे मिलेंगे।

कैथनिस : क्या तुममें से किसी को पता है कि डोनलबेन भी अपने भाई के साथ है या नहीं ?

लैनोक्स : नहीं, वह उनके साथ नहीं है। मुझे उन सब सरदारों के नाम मालूम हैं जो भी उनके साथ हैं। सिवार्ड का पुत्र साथ है और उनके अलावा बहुत-से ऐसे युवक हैं जो पहली बार रणभूमि में अपनी बहादुरी और रण-कौशल का परिचय देने आए हैं।

मैंटियथ : वह घृणित चाँडाल क्या कर रहा है इस समय ?

कैथनिस : वह मजबूती के साथ डन्सीनेन के विशाल किले की नाकेबन्दी कर रहा है। कुछ लोग तो कह रहे हैं कि वह पागल हो गया है और कुछ, जो उससे इतनी घृणा नहीं करते, कह रहे हैं कि यह पागलपन नहीं बहादुरी का नशा है। लेकिन यह निश्चित है कि वह अपने असन्तुष्ट अनुयायियों को अब और अधिक वश में नहीं रख सकता।

ऐंगस : अब तो उसे ऐसा लग रहा है मानो दबी हुई हत्याएँ उसके पास आकर पुकार रही हैं। प्रत्येक क्षण लोगों का विश्वास उसपर से उठता जाता है और पूरी तरह एक विद्रोह की-सी सूरत बन गई है। जिन्हें भी वह आज्ञा देता है, वे किसी दबाव और मजबूरी के कारण ही उसका पालन करते हैं, नहीं तो अन्दर हृदय में, कोई भी प्रेम उसके लिए शेष नहीं रह गया है। अब तो उसे यह साम्राज्य, और यह उसका वैभव, इस तरह नीचे लटकता हुआ दीख रहा है, जैसे कोई बौने कद का चोर किसी विशाल दैत्य के कपड़े पहन ले तो वे उनके शरीर से नीचे लटककर गिरने-से लगते हैं।

मैंटियथ : अब तो उनका अंग-अंग अपने-आपको उस चाँडाल के साथ रहने से कोसता है; तब फिर अगर दुःख से उसका मस्तिष्क पागलों की तरह कभी चौंक उठता है या कभी बैठ-सा जाता है तो इसमें

उसका क्या दोष है।

कैथनिस : अच्छा, चलो। जो हमारा सच्चा सम्राट् हैं। उसके प्रति अपना कर्तव्य पालन करने के लिए आगे बढ़ें। हमें चलकर उसके साथ मिल जाना चाहिए, जोकि हमारे देश को इसी तरह मुक्त करने आ रहा है जैसे कोई डॉक्टर किसी बीमारी को दवाई देकर उसे सुखी करता है। हमें चाहिए कि अपने इस दुःखी देश की भलाई के लिए ही हम अपने खून की प्रत्येक बूँद बहाएँ।

लैनोक्स : या जैसे ओस की बूँद किसी फूल को सच्ची शोभा देती है उसी तरह हम अपना खून बहाकर मैलकॉम को सम्राट् बनाकर गौरवान्वित करें और इस चाँडाल सरकण्डे को उसी खून में डुबो दें।

आओ, चलो बरनम की ओर चलें।

[जाते हैं]

दृश्य 3

[डन्सीनेन। महल का एक कमरा]

[मैकबेथ का डॉक्टर तथा कुछ अनुचरों का प्रवेश]

मैकबेथ : मत लाओ हमारे पास कोई खबर। जाने दो, छोड़ जाने दो, उन सबको हमें अकेला। जब तक बरनम का वह वन स्वयं उठकर डन्सीनेन से टकराने नहीं चला जाएगा, तब तक हमें कोई भी डरा नहीं सकता। हिंः ! क्या उस छोकरे मैलकॉम से हम डरें ? क्यों ? नहीं, हमें उससे डरने की कोई आवश्यकता नहीं, आखिर वह भी तो किसी औरत की कोख से ही जन्मा है। हमें याद है, उन पिशाचों ने, जो यह जानते थे कि भविष्य में क्या होगा, यह कहा था; 'डरो नहीं, मैकबेथ ! औरत की कोख से जन्मा आदमी तुम्हें कभी नहीं गिरा सकता !' तब क्या ? चले जाओ ओ झूठे और गद्दार थेनो ! हमें अकेला छोड़कर चले जाओ और मिल जाओ उन आरामपसन्द अंग्रेज़ी फौजों के साथ। हमारा मस्तिष्क जो हमें सभी कामों में

रास्ता दिखाता है और हमारा हृदय जो हमारे शरीर में स्थित है, किसी तरह की शंका या भय से नहीं हिल सकते।

[एक सेवक का प्रवेश]

ओ पीले चेहरे वाले मूर्ख ! शैतान तुझे इस धरती पर से उठा ले ! यह बुरी और घृणित बतख की-सी दृष्टि तूने कहाँ से पाई है ?

सेवक : महाराज ! दस हज़ार हैं वहाँ।

मैकबेथ : क्या ? दस हज़ार बतख हैं, नीच ?

सेवक : बतख नहीं सैनिक, महाराज !

मैकबेथ : चला जा, और जाकर अपने चेहरे को किसी काँटे से छेद ले, जब तक कि उससे खून न निकल जाए। उस खून से तेरे चेहरे का यह पीला रंग तो मिट जाएगा, ओ अजल की लघिमा-सा डरपोक कलेजा रखने वाले नीच ! कैसे सैनिक हैं, मूर्ख ! बता तेरी आत्मा की मौत है न ? तेरे चेहरे का यह पीला रंग ही यह बताने के लिए काफी है कि तू डरा हुआ है। हम पूछते हैं, ओ पीले चेहरे वाले डरपोक लड़के। बता कैसे सैनिक हैं ?

सेवक : अंग्रेज़ी सेना के सैनिक महाराज।

मैकबेथ : चला जा अपने इस बुरे चेहरे को लेकर हमारी आँखों से दूर !

[सेवक जाता है].

(**स्वगत**) सीटॉन ! जब हम यह देखते हैं तो हमारा दिल बैठ-सा जाता है। हम कहते हैं सीटॉन ! कि यह आक्रमण या तो हमारे सुख को हमेशा के लिए निश्चिन्त बना देगा या हमें इस राजसिंहासन से नीचे गिरना होगा। बहुत दिनों तक हम जीवित रह लिए है। अब हमारे जीवन का शरतकाल पास आ गया है, जबकि हमारी सारी शक्तियाँ पतझड़ के झरते पत्तों की तरह हमारा साथ छोड़ रही हैं। जैसा लोग अपने बुढ़ापे के बारे में सोचा करते हैं, वैसा भी तो हम अपने बारे में विश्वास नहीं कर सकते कि अब कोई हमें प्रेम करता है या किसी के हृदय में हमारे लिए इतना सम्मान बचा है कि वह हमारी आज्ञा का पालन करे। कोई भी नहीं सीटॉन ! हमारे सारे साथी, सैनिक और कोई भी तो हमारा साथ नहीं देंगे

और हमें ऐसी आशा भी नहीं करनी चाहिए कि वे हमारे साथ रहेंगे; बल्कि उसकी जगह, सभी के दिलों से हमें बुरे-बुरे शाप मिल रहे हैं, जिनको डर या चापलूसी के कारण मुँह पर सुनने की कोई हिम्मत नहीं करता, पर अन्दर दिलों की तहों में तो वे बैठे हुए हैं ? डरपोक चापलूस खुलकर कुछ नहीं कर सकते सीटॉन ! क्योंकि इनके दिल की हिम्मत मर चुकी है।

[सीटॉन का प्रवेश]

सीटॉन : महाराज की क्या आज्ञा है ?

मैकबेथ : क्या कोई और नई खबर है ?

सीटॉन : स्वामी जो भी खबर मिली थी उनका पता लगाने पर मालूम हुआ कि वह बिलकुल ठीक है।

मैकबेथ : तब हम लड़ेंगे। उस क्षण तक लड़ेंगे जब तक हमारी हड्डियों से कटकर हमारा माँस नीचे न गिर पड़े। लाओ हमारा कवच।

सीटॉन : लेकिन अभी तो इसकी ज़रूरत नहीं है, महाराज !

मैकबेथ : हम उसे अभी पहनेंगे। कुछ घुड़सवारों को भेज दो और उन्हें हुक्म दे दो कि चारों तरफ चक्कर लगाएँ और जो कोई भी राज्य में डर की बातें करता मिले, उसे तलवार के घाट उतार दें। हमारा कवच दो।

क्यों डॉक्टर ! कैसा है तुम्हारा बीमार अब ?

डॉक्टर : उनको शरीर की इतनी बीमारी नहीं है, स्वामी ! पर न जाने मस्तिष्क में कौन-सी डरावनी-सी शक्लें दीखती हैं, जिनसे वे पागल-सी हो उठती हैं।

मैकबेथ : ठीक करो उसे, डॉक्टर ! क्या तुम ऐसे मस्तिष्क को अपनी सही हालत में नहीं ला सकते, जो इस तरह पागल जैसा हो गया हो ? जो भी दुःख उनके अन्दर जड़ जमाए हुए है, उसे दूर करके किसी तरह सारी मुसीबत से उसे छुटकारा दिलाओ, डॉक्टर ! किसी अच्छी दवाई से उसे बेहोश करके उसके दिल पर पड़े हुए सारे दुख को धोकर मिटा डालो।

डॉक्टर : इस हालत में तो बीमार को खुद अपनी देखभाल करनी चाहिए,

स्वामी!

मैकबेथ : तो फिर अपनी ये सभी दवाइयाँ कुत्तों के सामने फेंक दो, डॉक्टर ! हमें किसी की ज़रूरत नहीं है। कोई नहीं चाहिए हमें। आओ, हमें हमारा कवच पहना दो। हाँ, हमें हमारा राजदण्ड भी दो।...

डॉक्टर ! सभी थेन हमें छोड़कर जा रहे हैं। जल्दी आओ सीटॉन।...हाँ, अगर तुम कर सको तो डॉक्टर ! यह मालूम करो, मेरे राज्य स्कॉटलैण्ड की बीमारी क्या है और फिर इसका इलाज करके इसको ठीक कर दो न, डॉक्टर। हम तुम्हारी तब तक बधाइयाँ गाएंगे, जब तक हमारी आवाज़ की गूँज भी हमारे साथ मिलकर तुम्हारी बधाई न गाने लग जाए।

खींच लो इस कवच को। हम कहते हैं, उतार लो इसे। क्यों डॉक्टर! क्या तुम्हारे पास ऐसी कोई दवाई नहीं है जो हमारे राज्य को इन अंग्रेज़ों से बचा सके ? क्या तुमने उसके बारे में कुछ सुना है डॉक्टर ?

डॉक्टर : हाँ, स्वामी ! आपकी युद्ध की तैयारी ने ही हमें सब कुछ बता दिया है।

मैकबेथ : लाओ, पहना दो हमें अपना कवच। जब तक बरनम वन स्वयं उठकर डन्सीनेन तक नहीं चला आएगा तब तक हमारी बर्बादी और मौत का हमें तनिक भी डर नहीं है।

डॉक्टर : **(स्वगत)** काश ! अगर मैं एक बार डन्सीनेन से दूर बचकर निकल जाऊँ तो कितना भी बड़ा लालच या मोह मुझे यहाँ वापस नहीं ला सकता। **(प्रस्थान)**

दृश्य 4

[बरनम वन के पास वाला स्थान]

[नक्कारों की आवाज़। कुछ सैनिक रंग-बिरंगे झंडे लिए हुए। मैलकॉम, वृद्ध सिवार्ड, उसका पुत्र, मैकडफ, मैंटियथ, कैथनिस, ऐंगस, लैनोक्स, रौस तथा सैनिकों का मार्च करते हुए प्रवेश]

मैलकॉम : भाइयो ! अब वह दिन दूर नहीं है जब फिर से हमारे देश में प्रत्येक के घर में सुख और शान्ति होगी और किसी तरह का भय नहीं रहेगा।

मैंटियथ : इसमें हमें तनिक भी सन्देह नहीं है।

सिवार्ड : हमारे सामने यह कौन-सा वन है ?

मैंटियथ : बरनम वन है।

मैलकॉम : मेरा ख्याल है कि हर एक सैनिक एक-एक झाड़ी काटकर उसे अपने सामने करके चले, क्योंकि इस तरह छिपे रहने से हमारी ताकत का दुश्मन को ठीक-ठीक कुछ भी पता नहीं चल सकेगा, और जो भी दुश्मन के जासूस हमारे बारे में जाकर खबर देंगे, सब झूठ निकलेगी।

सैनिक : जो आज्ञा, स्वामी !

सिवार्ड : वह अत्याचारी अभी तक डन्सीनेन में ही है और शायद वह इसे भी बर्दाश्त कर ले कि हम उसके चारों तरफ घेरा डाल लें। इसके सिवाय तो हमें और कुछ पता ही नहीं लगा है।

मैलकॉम : यही तो वह आशंका करता है, क्योंकि जब भी मौका देखेंगे, तो क्या छोटे, क्या बड़े, सभी उसके विरुद्ध विद्रोह कर उठेंगे। सच तो यह है कि कोई भी सच्चे हृदय से उसकी सेवा नहीं करता; बल्कि किसी दबाव से ही उसे सेवा करनी पड़ती है, इसलिए करता है।

मैकडफ : जब तक युद्ध का परिणाम निकल न आए, तब तक हमें ऐसे विश्वास के साथ यह नहीं कहना चाहिए। इस बीच हमें चाहिए कि पूरी तरह से हम युद्ध की तैयारियाँ कर डालें।

सिवार्ड : अब वह समय पास आ गया है जो हमें पूरी तरह से बताएगा कि क्या हमने पाया और क्या खोया। केवल कल्पना के बल पर की गई आशा तो निश्चित रूप से कभी सच्ची नहीं निकलती। सच्चा परिणाम तो हमारी सेना की दुश्मन पर पड़ती हुई मार से निकलेगा, जिसके लिए वह अब चल पड़ी है।

दृश्य 5

[डन्सीनेन। राजमहल के भीतर]

[मैकबेथ, सीटॉन तथा नक्कारों को बजाते हुए और झंडों को लिए हुए सैनिकों का प्रवेश]

मैकबेथ : बाहर की दीवारों पर हमारे झंडे फहरा दो। अभी तक सभी यह चिल्ला रहे हैं कि दुश्मन बढ़ा आ रहा है पर हमारा यह मज़बूत किला उन घेरा डालने वालों की हर कोशिश पर हँस रहा है। डालने दो उन्हें घेरा। मत हटाओ उन्हें वहाँ से, जब तक भूख-प्यास से स्वयं तड़प-तड़पकर वे मर न जाएँ। काश ! आज उनके साथ अगर हमारी सेनाएँ न मिल जातीं, तो हम उनका इस तरह डटकर मुकाबला करते कि उन्हें यहाँ से सीधे अपने देश इंगलैंड भाग जाना पड़ता।

[भीतर औरतें चिल्लाती हैं]

यह क्या आवाज़ है ?

सीटॉन : कुछ औरतें चिल्ला रही हैं, महाराज !

मैकबेथ : अब तो हमारे अन्दर लेश-मात्र भी डर नहीं रह गया है, नहीं तो एक वक्त था जबकि रात को कोई चीख सुनकर डर से हमारा शरीर ठण्डा-सा पड़ जाता था और किसी डरावने किस्से को सुनकर हमारे रोएँ सीधे खड़े हो जाते थे, मानो उनमें भी कोई ज़िन्दगी आ गई हो। अब मैं डर को पूरी तरह पी गया हूँ। हमारे हत्या से भरे हुए भावों के साथ जो डर घुसा हुआ है वह अब हमें कभी भी हतोत्साहित नहीं कर सकता।

[सीटॉन का पुनः प्रवेश]

यह कौन चिल्लाया ? कहाँ से यह आवाज़ आई है ?

सीटॉन : मेरे स्वामी ! महारानी का स्वर्गवास हो गया।

मैकबेथ : हैं ! वह चली गई ! काश ! इसके कुछ दिन बाद ही वह जाती और मैं यह सुनता तो उसके लिए ठीक वक्त भी होता। हाय ! आज से कल करते हुए जीवन का एक-एक दिन बीत रहा है और हम अपने भाग्य के अनुसार अपनी अन्तिम घड़ियों की

तरफ बढ़ रहे हैं। बीती हुई घड़ियाँ पुकारती जाती हैं—मूर्ख प्राणियो ! तुम सब अपनी कब्रों की ओर बढ़ रहे हो। तब, बुझ जाने दो। बुझ जाओ ओ, जीवन के टिमटिमाते दीप ! बुझ जाओ ! क्या है जीवन ? केवल एक चलती हुई छाया ! ठीक उसी अभिनेता की तरह जो कुछ क्षणों के लिए रंगमंच पर आकर हँसता-रोता है और फिर हमेशा के लिए सामने से चला जाता है। प्राणी का यह जीवन मूर्खों की कही हुई वह कहानी है जिसमें ध्वनि और आवेश हैं, पर हाय ! क्या अस्तित्व है उसका ?

[एक दूत का प्रवेश]

तुम भी अपनी जीभ हिलाने आए हो न ? कहो, तुरन्त कहो, क्या कहने आये हो ?

दूत : मेरे दयालु, महाराज ! मैं वही कहना चाहता हूँ जो मैंने देखा है, पर मैं नहीं जानता कि उसे कैसे कहूँ।

मैकबेथ : हाँ-हाँ, कहो।

दूत : स्वामी, जब मैं पहाड़ी पर खड़ा होकर पहरा दे रहा था तो ज्यों ही मैंने बरनम वन की ओर देखा तो मुझे लगा कि पूरा वन उठा चला जा रहा है।

मैकबेथ : झूठे ! गुलाम कहीं के !

दूत : नहीं, महाराज ! अगर मेरी बात सच न हो तो मैं आपका कोई भी दण्ड सहने के लिए तैयार हूँ। महल से तीस मील की दूरी में देखिए। मैं सच कहता हूँ, स्वामी ! बरनम चला आ रहा है।

मैकबेथ : अगर तुम्हारी बात झूठ निकली तो समझ लो पहला पेड़ जो हमारी आँखों के सामने आएगा उसी पर हम तुम्हें जीवित लटका देंगे और उस वक्त तक रहने देंगे जब तक कि भूख-प्यास से तड़प-तड़पकर तुम मर न जाओ; और अगर तुम्हारी बात सच निकली तो तुम हमारे साथ यही व्यवहार करना, हमें कोई शिकायत नहीं होगी। ओह ! हम अपने इरादों से लड़खड़ा रहे हैं। लगता है कि उन पिशाचों की बातें ठीक निकल रही हैं कि 'डरो नहीं, मैकबेथ ! जब तक बरनम वन डन्सीनेन की ओर आता दिखाई न पड़े तब

तक मत डरना।' वन डन्सीनेन की ओर बढ़ा चला आ रहा है। हाथों में हथियार ले लो, और दुश्मन से टकरा जाओ, मैकबेथ ! जाओ। जो कुछ भी वह कह रहा है, अगर उसने सचमुच देखा है तो फिर, उससे छिपकर कहाँ दूर भाग सकते हो ? फिर कहाँ महल में किसलिए बैठे हो ?

ओह ! अब मैं इस जीवन से, इस सारी दुनिया से पूरी तरह ऊब गया हूँ, और चाहता हूँ, काश ! वह सारी दुनिया एक साथ ही टूक-टूक होकर बिखर जाए। इसमें प्रलय आ जाए।

खतरे की घण्टी बजा दो। ओ हवा ! ज़ोर से तूफ़ानी होकर बहो। ओ जाओ, ओ प्रलय की आग ! हम वीरों की तरह कवच पहन कर सामना करेंगे। **(प्रस्थान)**

दृश्य 6

[डन्सीनेन। राजमहल के सामने एक मैदान]

[नक्कारों की गूँज के साथ फहराते हुए झण्डे। मैलकॉम, वृद्ध सिवार्ड, मैकडफ और उनकी सेनाएँ पेड़ों की डालियाँ लेकर प्रवेश करती हैं]

मैलकॉम : हम लोग अब राजमहल के बहुत निकट पहुँच चुके हैं। अब सामने लगे हुए इन डालियों के पर्दों को गिरा दो और अपनी पूरी ताकत के साथ सामने आ जाओ।

आओ मेरे सुयोग्य, चाचा ! आप अपने वीर पुत्र के साथ आक्रमण करते समय सबसे आगे वाली टुकड़ी का संचालन करेंगे और शेष का अपनी योजना के अनुकूल हम लोग करेंगे।

सिवार्ड : अच्छा, अलविदा ! आज रात को ही मैकबेथ की सेना से सामना है। यदि हमने उन्हें रणभूमि से भगा नहीं दिया तो हम प्रण करते हैं कि जीवित रहकर वापस नहीं आएँगे।

मैकडफ : रण-दुन्दुभी बजने दो। खून और मौत के दूतों की तरह तुरहियों को ज़ोर-ज़ोर से पुकारने दो।

[सभी जाते हैं]

दृश्य 7

[रणभूमि का दूसरा भाग। युद्ध का चीत्कार। मैकबेथ का प्रवेश]

मैकबेथ : उन्होंने मुझे चारों तरफ से इस तरह घेर लिया है, मानो किसी खूँटे से बाँध दिया हो। सब तरफ दुश्मन हैं। मैं कहीं भाग भी तो नहीं सकता। लेकिन क्यों ? क्यों भागूँ ? मैं एक रीछ की तरह बहादुरी के साथ लड़ूँगा। कौन है ऐसा जो औरत की कोख से नहीं जन्मा है ? उसी से मुझे डरना चाहिए, नहीं तो और कौन मेरा क्या बिगाड़ सकता है ?

[नवयुवक सिवार्ड का प्रवेश]

युवक सिवार्ड : क्या नाम है तेरा ?

मैकबेथ : हमारा नाम ? डर जाएगा तू सुनकर उसे !

युवक सिवार्ड : कभी नहीं, नरक के दैत्यों के-से भयानक से भयानक नाम से अपने को क्यों न पुकार, मैं कभी नहीं डर सकता। बता क्या नाम है तेरा ?

मैकबेथ : तो सुन, मैकबेथ !

युवक सिवार्ड : ओ, शैतान भी इससे अधिक घृणित नाम मेरे कानों को नहीं सुना सकता था।

मैकबेथ : न ! न ! न ! यह कह कि इससे अधिक डराने वाला नाम नहीं सुना सकता था।

युवक सिवार्ड : झूठ, झूठ बोलता है तू। ओ घृणित अत्याचारी ! मैं अपनी तलवार की धार से, जो कुछ भी तू कह रहा है, उसे अभी झूठ साबित करता हूँ।

[वे दोनों लड़ते हैं और युवक सिवार्ड मारा जाता है]

मैकबेथ : जा ! तू औरत की कोख से जन्मा था न ? जो भी औरत की कोख से जन्मा तलवार या कोई भी हथियार लेकर युद्ध करने आएगा, मैं उस पर हँसूगा और फिर घृणा से मुँह फेर लूँगा।

[युद्ध का चीत्कार। मैकडफ का प्रवेश]

मैकडफ : इधर से ही आवाज़ आई है। ओ चाँडाल। अपना चेहरा

तो दिखा। अगर तू मेरी तलवार के अलावा किसी दूसरे के हाथों मारा गया तो मेरी स्त्री और मेरे नन्हें-से बच्चों की प्रेतात्माएँ बदले के लिए फिर भी भटकती हुई मुझे चैन की नींद नहीं सोने देंगी। मैं इन गरीब सैनिकों पर हाथ नहीं उठा सकता जो हमसे लड़ने के लिए भाले और तलवार उठाने के लिए किराए पर रखे गए हैं। या तो चाँडाल ! तेरा खून पीकर मेरी यह तलवार तुझे हमेशा के लिए ज़मीन पर सुला देगी या कायरों की तरह बिना कोई वीरता का काम किए वापस म्यान में चली जाएगी। आह ! इस उठती हुई आवाज़ से मुझे लगता है कि तू वहाँ है। इतने ज़ोर से बजे रण के इस बाजे से लगता है कि कोई सबसे बड़ा सैनिक वहाँ है और वह तेरे सिवाय और कोई नहीं हो सकता। आह, मेरे सौभाग्य ! ले चल मुझे उधर। इससे अधिक मैं तुझसे और कुछ भी कामना नहीं करता।

[जाता है। रण का चीत्कार]

[मैलकॉम तथा वृद्ध सिवार्ड का प्रवेश]

सिवार्ड : इधर से आइए, स्वामी ! बिना किसी तरह के विरोध या युद्ध के राजमहल हमारे हाथों में आ गया है। उस अत्यांचारी की प्रजा के लोग, दोनों तरफ से लड़ रहे हैं। आपके सरदार थेन भी बड़ी बहादुरी के साथ लोहा ले रहे हैं। आज की विजय अपने पक्ष में ही घोषित हो चुकी है। बस, अब बहुत थोड़ा ही काम करना बाकी है।

मैलकॉम : हमें दुश्मन भी तो ऐसे मिले हैं, जो उल्टे हममें ही मिलकर, हमारी ओर से लड़ रहे हैं।

सिवार्ड : आइए, सम्राट् ! राजमहल में प्रवेश कीजिए।

[जाते हैं। युद्ध का चीत्कार उसी तरह सुनाई दे रहा है]

दृश्य 8

[रणभूमि का दूसरा भाग। मैकबेथ का प्रवेश]

मैकबेथ : अपनी ही तलवार से अपने-आपको मारकर मैं क्यों रोम के मूर्ख का-सा काम करूँ ? जब तक मुझे एक भी दुश्मन, जीवित दिखाई देगा तब तक मैं उस पर आग बरसाऊँगा।

[मैकडफ का प्रवेश]

मैकडफ : आ, ओ नरक के कुत्ते ! आ, लौट !

मैकबेथ : ओ तू ? सिर्फ मेरी नज़रों के सामने आने से तू ही बचा रह गया है। आ, सामने आ। वैसे तेरे परिवार के खून से पहले ही मेरा जी भर गया है।

मैकडफ : इसका जवाब मैं कुछ नहीं दूँगा, दुष्ट ! मेरी यह तलवार इसका जवाब देगी। आ, तू कितना बड़ा शैतान है, शब्द नहीं कह सकते। आ।

[वे आपस में लड़ते हैं]

मैकबेथ : तू बेकार अपनी ताकत गँवा रहा है, मूर्ख ! हाँ, तू अपनी तलवार से मुझे उतनी ही आसानी से धराशायी कर सकता था, जितनी आसानी से तू इसी तलवार से हवा को काट सकता है। पर अब क्या कर सकता है तू ! अपनी इस तलवार को उसके सिर पर मार जहाँ इसका कुछ असर हो। मेरा जीवन तो किसी जादू के कारण सुरक्षित है; और अगर तूने नहीं सुना हो तो सुन, औरत की कोख से जन्मा कोई भी आदमी मुझे कभी भी नहीं मार सकता।

मैकडफ : छोड़ दे भरोसा अपने इस जादू का और जिस देवता की भी पूजा तू करता हो, उसे बता दे कि मैकडफ ठीक वक्त से पहले ही, अपनी माँ के गर्भ से काटकर, निकाल लिया गया था।

मैकबेथ : धिक्कार है तेरी उस जीभ को जो मुझसे ऐसी बातें कह रही है। ओह ! इससे हमारे दिल की कुछ हिम्मत गिर रही है। तू गद्दार है। ऐसे गद्दार दोस्तों का, जो हमेशा दुहरी बातें करते हैं, कभी भी भरोसा नहीं करना चाहिए। जो कान में कुछ वायदा

करके जाते हैं और आशा के विरुद्ध काम कुछ दूसरा ही करते हैं, उन्हें कभी साथ नहीं रखना चाहिए। मैं तुझसे नहीं लड़ना चाहता।

मैकडफ : तो फिर कायर ! आत्म-समर्पण कर मेरे सामने ! और दूसरों को अपने काले चेहरे का तमाशा देखने दे ! हम तुझे किसी बहुत बड़े खूनी कैदी की तरह खम्भे से लटका देंगे और उस पर लिख देंगे कि 'देखो, यहाँ एक चाँडाल, विश्वासघाती लटका हुआ है, देखो उसे।'

मैकबेथ : आत्म-सर्म्पण और मैं ? कभी नहीं। क्या मैं उस छोकरे मैलकॉम के सामने झुककर ज़मीन चाटूँगा ? नहीं, यह नहीं हो सकता कि कभी भी लोग मेरे जीवन पर थूकने लगें। मैं उन्हें कभी भी अपने को धिक्कारने का मौका नहीं दूँगा चाहे बरनम वन उठा हुआ डन्सीनेन की ओर चला आ रहा है और तू भी औरत की कोख से नहीं जन्मा है। मैं अपनी अन्तिम श्वासों तक लड़ूँगा। अपनी इस ढाल से अपने शरीर की रक्षा करूँगा। आ, मार आ, मैकडफ ! मार ! धिक्कार है उसे जो हममें से पहले यह कहे कि बस, अब नहीं।

[दोनों आपस में लड़ते हैं। युद्ध का चीत्कार बराबर सुनाई दे रहा है]

[इधर बाजे बजते हैं। सभी विजय प्राप्त करके रणभूमि से वापस लौट रहे हैं। मैलकॉम, वृद्ध सिवार्ड, रौस, लैनोक्स, ऐंगस, कैथनिस, मैंटियथ तथा अन्य सैनिकों का नक्कारों की आवाज और झण्डों के साथ प्रवेश]

मैलकॉम : काश ! जो साथी आज हमेशा के लिए हमसे बिछुड़ गए हैं वे इस समय हमारे बीच होते !

सिवार्ड : कुछ को तो बिछुड़ना ही पड़ता, स्वामी ! लेकिन फिर भी जितने जीवित बच रहे हैं, उन्हें देखकर ही मुझे आश्चर्य हो रहा है कि इतने कम बलिदान पर हम इतनी ऊँची विजय क़ैसे प्राप्त कर पाए !

मैलकॉम : पर हाँ, मैकडफ कहीं दिखाई नहीं दे रहा है और आपका पुत्र भी न जाने कहाँ है, कुछ मालूम नहीं !

रौस : आपके पुत्र ने वीरगति प्राप्त की है, सेनापति ! अपनी अन्तिम

श्वास तक वह एक वीर योद्धा की तरह लड़ता रहा और जब तक उसने शत्रु के हृदय तक पर अपने पौरुष का सिक्का नहीं जमा दिया, तब तक वह हटा नहीं। एक सच्चे वीर की तरह वह इस संसार से चला गया है, सेनापति !

सिवार्ड : तो क्या वह इस संसार में नहीं है ?

रौस : हाँ, सेनापति ! उसका शरीर रणभूमि से बहुत दूर ले जाया गया है। उसमें जितने गुण हैं उन्हें याद करके मत रोइए, नहीं तो क्या आँसुओं का कभी कोई अन्त होगा ?

सिवार्ड : पर यह बताओ मुझे कि घाव उसकी छाती पर हुए थे या पीठ पर ?

रौस : छाती पर ही हुए थे, सेनापति !

रिवार्ड : तो फिर मुझे कोई दुःख नहीं है। वह ईश्वर के पास पहुँच गया है। यदि जितने भी मेरे शरीर में बाल हैं, उतने भी मेरे पुत्र होते, तो इससे अधिक गौरवशाली मृत्यु मैं उनके लिए कोई नहीं समझता। तो फिर वह संसार को छोड़कर चला गया ?

मैलकॉम : बस इतना ही नहीं, सेनापति ! उस वीर की दुःखदायी मृत्यु पर मैं अभी और आँसू बहाऊँगा।

सिवार्ड : नहीं, स्वामी ! अब उसके लिए और शोक नहीं करना चाहिए। बस इतने का ही वह अधिकारी है। वे सभी यही कह रहे हैं कि एक वीर योद्धा की तरह रणभूमि में गिरा है वह, तो प्रकृति का सारा ऋण उसने चुका दिया है। इसलिए अब तो यही प्रार्थना कीजिए कि ईश्वर सदा उसे अपने पास रखें।

अब कोई दूसरी अच्छी खबर आती हुई मालूम होती है।

[मैकडफ मैकबेथ का कटा हुआ सिर लिए पुनः प्रवेश करता है]

मैकडफ : बधाई है सम्राट् को ! आज से आप स्कॉटलैण्ड के सम्राट् हैं स्वामी ! देखते नहीं, दुराचारी का सिर यहाँ है, जिसने आपके राज्य को हड़पा था ! अब कोई डर नहीं। चारों ओर आज़ादी है। साम्राज्य के इन रत्नों के बीच में मैं आपको बैठा देख रहा हूँ जो अपने हृदय में वही बधाइयाँ लिए हुए हैं। मैं चाहता हूँ कि आप

सभी ज़ोर से मेरे साथ आवाज मिलाकर कहें—'स्कॉटलैण्ड के सम्राट् ! बधाई है !'

[बाजे बजते हैं]

मैलकॉम : हमारे थेन और साथियो ! हम हृदय से आप लोगों के बहुत आभारी हैं और चाहते हैं कि शीघ्र से शीघ्र आप लोगों का ऋण चुकाएँ। अब से हम आपको 'अर्ल' बनाते हैं। यह पहला ही अवसर है जबकि स्कॉटलैण्ड में कोई इस पद से सम्मानित हुआ हो। अब बताइए, आगे क्या करना होगा। सलाह दीजिए कि इस नये युग के प्रारम्भ में क्या-क्या करना चाहिए, जैसे, जो हमारे साथी उस अत्याचारी के चंगुल से छूटकर विदेश चले गए हैं, उन्हें वापस बुलाना; और इस मरे हुए चाँडाल हत्यारे के निर्दयी साथियों को और उस महारानी बनी हुई पिशाचिनी को पकड़कर सामने लाना इत्यादि। लेकिन उसके बारे में तो यह सुनने में आया है कि उसने अपने ही हाथों से आत्महत्या कर ली है। इसके अलावा बताइए और क्या काम आवश्यक रूप से करने चाहिए। जो कुछ भी होगा उसे ईश्वर की कृपा से समय और अवसर के अनुसार हम अवश्य करेंगे। आप सभी लोगों को हम हृदय से धन्यवाद देते हैं और फिर प्रत्येक को अलग-अलग भी हम धन्यवाद देते हैं। हमें विश्वास है कि आप सभी हमारा राज्याभिषेक करने स्कॉन अवश्य आएँगे। हम इसके लिए आप सभी को निमन्त्रित करते हैं। **(बाजे बजते हैं)**

[प्रस्थान]

□□□